A PRINCESA PERDIDA DE

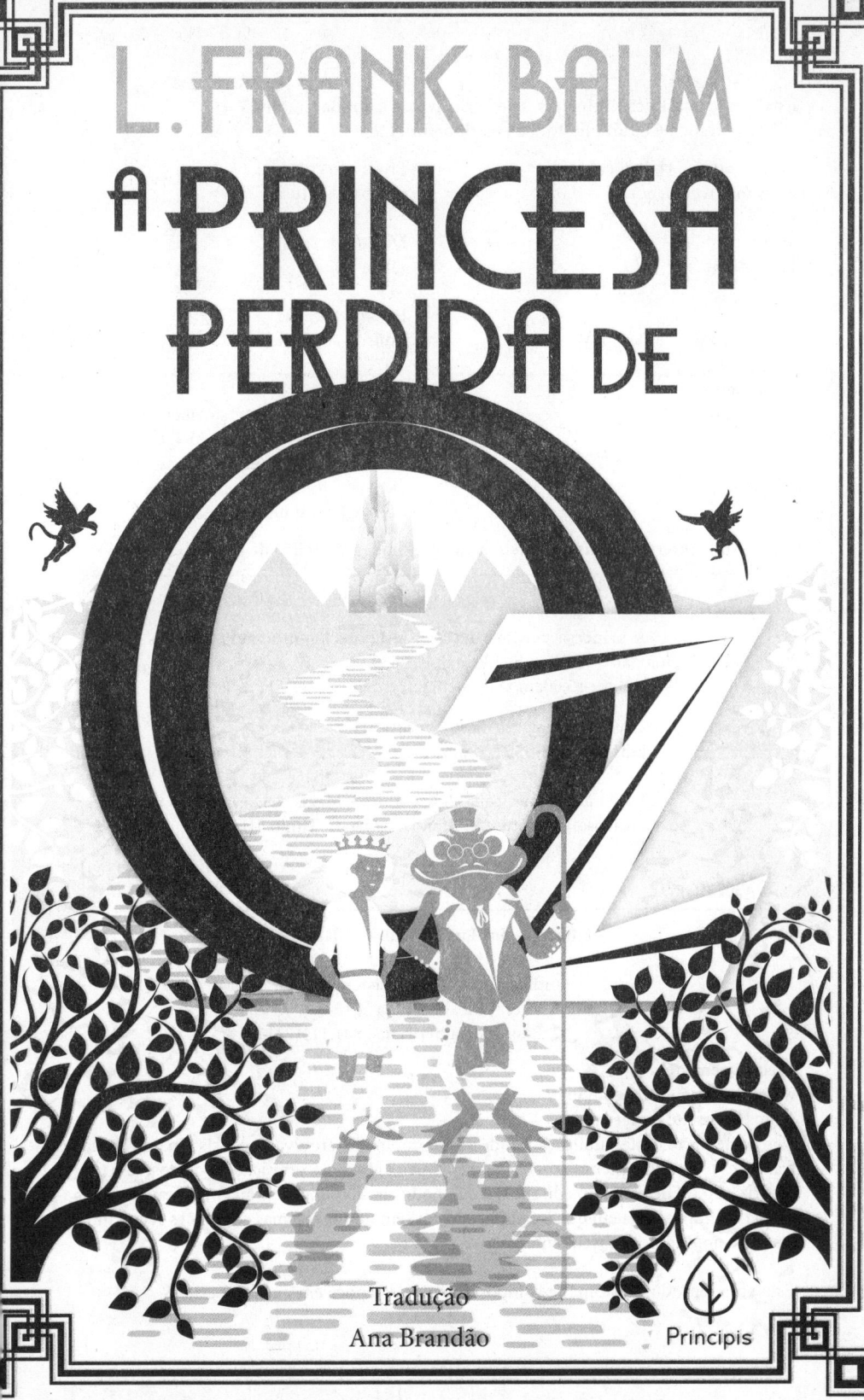

Esta é uma publicação Principis, selo exclusivo da Ciranda Cultural
© 2023 Ciranda Cultural Editora e Distribuidora Ltda.

Traduzido do original em inglês
The Lost Princess of Oz

Produção editorial
Ciranda Cultural

Texto
L. Frank Baum

Diagramação
Linea Editora

Editora
Michele de Souza Barbosa

Design de capa
Edilson Andrade

Tradução
Ana Brandão

Imagens
welburnstuart/Shutterstock.com;
Juliana Brykova/Shutterstock.com;
shuttersport/Shutterstock.com;
yuriytsirkunov/Shutterstock.com;
Reinke Fox/Shutterstock.com

Revisão
Agnaldo Alves

Dados Internacionais de Catalogação na Publicação (CIP) de acordo com ISBD

B347p	Baum, L. Frank
	A princesa perdida de Oz / L. Frank Baum ; traduzido por Ana Brandão. - Jandira, SP : Principis, 2023.
	160 p. ; 15,50cm x 22,60cm. (Terra de Oz ; vol. 11)
	Título original: The Lost Princess of Oz
	ISBN: 978-65-5552-786-5
	1. Literatura americana. 2. Aventura. 3. Magia. 4. Dorothy. 5. Fantasia. 6. Clássicos da literatura. I. Brandão, Ana. II. Título. III. Série
2022-0869	CDD 813
	CDU 821.111(73)-3

Elaborado por Lucio Feitosa - CRB-8/8803

Índice para catálogo sistemático:
1. Literatura americana : 813
2. Literatura americana : 821.111(73)-3

1ª edição em 2023
www.cirandacultural.com.br
Todos os direitos reservados.
Nenhuma parte desta publicação pode ser reproduzida, arquivada em sistema de busca ou transmitida por qualquer meio, seja ele eletrônico, fotocópia, gravação ou outros, sem prévia autorização do detentor dos direitos, e não pode circular encadernada ou encapada de maneira distinta daquela em que foi publicada, ou sem que as mesmas condições sejam impostas aos compradores subsequentes.

Esta obra reproduz costumes e comportamentos da época em que foi escrita.

SUMÁRIO

Aos meus leitores 7

Uma perda terrível 9

Os problemas de Glinda, a Boa 14

O roubo de Cayke, a Cozinheira de Cookies 17

No meio dos winkies 26

Os amigos de Ozma estão perplexos 30

O grupo de busca 37

As Montanhas de Carrossel 45

A cidade misteriosa 53

O Alto Coco-Lorum de Cardia 61

Totó perde algo 70

Botão-Brilhante se perde 75

O Tzarsobre de Herku 82

A Lagoa da Verdade 90

O barqueiro infeliz 95

O Grande Urso Lavanda 100

O Ursinho Rosa 104

O encontro 111

A conferência 118

Ugu, o Sapateiro 122

Mais surpresas 126

Magia contra magia 132
No castelo de vime 137
O desafio de Ugu, o Sapateiro 144
O Ursinho Rosa fala a verdade 149
Ozma de Oz 152
Dorothy perdoa 156

AOS MEUS LEITORES

Alguns dos meus leitores mais jovens estão desenvolvendo imaginações fantásticas. Isso me agrada. A imaginação transportou a humanidade da Idade das Trevas para seu estado atual de civilização. A imaginação fez com que Colombo descobrisse a América. A imaginação fez com que Franklin descobrisse a eletricidade. A imaginação nos deu o motor a vapor, o telefone, a máquina falante e o automóvel, porque precisaram sonhar com essas coisas antes que elas se tornassem realidade. Assim, acredito que os sonhos (aqueles que a gente sonha acordado, com os olhos bem abertos e o maquinário do cérebro zunindo) provavelmente levarão à melhoria do mundo. A criança imaginativa se tornará o homem ou a mulher imaginativos com mais aptidão para criar, inventar, e, portanto, para fomentar a civilização. Um importante educador me disse que os contos de fada têm um valor imensurável no desenvolvimento da imaginação das crianças. E eu acredito.

Dentre as cartas que recebo de crianças, muitas contêm sugestões sobre "o que escrever no próximo livro de Oz". Algumas das ideias são extremamente interessantes, enquanto outras são extravagantes demais para serem levadas a sério, mesmo em um conto de fadas. Ainda assim, gosto de todas elas, e devo admitir que a ideia principal em *A princesa perdida de Oz* me foi sugerida por uma adorável garotinha de onze anos que veio me visitar e falar sobre a Terra de Oz. Disse ela: "Imagino que se Ozma desaparecesse, ou fosse sequestrada, todos em Oz ficariam muitíssimo tristes".

E foi só isso, mas foi base o suficiente para construir essa presente história. Caso goste dela, o crédito é da dica esperta da minha amiguinha. E, a propósito, não hesitem em me escrever com suas dicas e sugestões, como o resultado de seus sonhos acordados. Certamente me interessarei por elas, mesmo se não puder usá-las em uma história, e o próprio fato de ter sonhado com isso vai me alegrar e fazer-lhe bem.

Afinal, no fim das contas, caros leitores, essas histórias de Oz são suas e minhas, e somos parceiros. Enquanto quiserem lê-las tentarei escrevê-las, e acho que a próxima terá algumas aventuras impressionantes do "Homem de Lata de Oz" e seus companheiros.

L. Frank Baum
Historiador Real de Oz
"OZCOT"
HOLLYWOOD, CALIFÓRNIA, 1917

UMA PERDA TERRÍVEL

Não havia dúvida alguma quanto a esse fato: a princesa Ozma, a adorável garota governante da Terra das Fadas de Oz, estava perdida. Ela desaparecera completamente. Nenhum de seus súditos, nem mesmo seus melhores amigos, sabiam o que acontecera com ela.

Dorothy foi quem descobriu. Ela era uma garotinha do Kansas que viera morar na Terra de Oz e que recebera aposentos encantadores no palácio real de Ozma, pois Ozma amava Dorothy e queria que ela morasse o mais perto possível, para que ficassem bastante tempo juntas.

Dorothy não era a única garota do mundo exterior que fora acolhida em Oz e que morava no palácio real. Havia outra chamada Betsy Bobbin, cujas aventuras fizeram com que buscasse refúgio com Ozma, e outra ainda chamada Trot, que fora convidada, juntamente com seu fiel companheiro, Capitão Bill, para morar nessa maravilhosa terra das fadas. As três garotas tinham aposentos no palácio e eram grandes amigas, mas Dorothy era a amiga mais querida da graciosa governante, e somente ela se atrevia a procurar Ozma a qualquer hora em seus aposentos reais. Pois Dorothy vivia em Oz há muito mais tempo que as outras garotas e se tornou princesa do reino.

Betsy era um ano mais velha do que Dorothy, e Trot era um ano mais nova. Mesmo assim, as três tinham idades parecidas o suficiente para se tornarem ótimas amigas e se divertirem juntas. Foi enquanto as três estavam conversando uma manhã no quarto de Dorothy que Betsy propôs que fossem para o País dos Munchkins, que era um dos quatro grandes países da Terra de Oz governada por Ozma.

– Ainda não estive lá – disse Betsy Bobbin –, mas o Espantalho me disse uma vez que é o país mais bonito de toda a Oz.

– Eu também gostaria de ir – acrescentou Trot.

– Muito bem – disse Dorothy. – Vou pedir a Ozma. Talvez ela deixe que levemos o Cavalete e a carruagem vermelha, o que seria bem melhor do que termos que andar o caminho inteiro. Essa Terra de Oz é bastante grande quando consideramos todos os cantos dela.

Assim, ela se levantou em um pulo e percorreu os corredores do palácio esplêndido até chegar aos aposentos reais, que ocupavam o segundo andar inteiro. A camareira de Ozma, Jellia Jamb, estava ocupada costurando em uma pequena sala de espera.

– Ozma já acordou? – perguntou Dorothy.

– Não sei, minha cara – respondeu Jellia. – Ainda não ouvi nenhuma palavra dela essa manhã. Ela nem pediu ainda por seu banho ou café da manhã, e já passou e muito da hora normal deles.

– Isso é estranho! – exclamou a garotinha.

– Sim – concordou a camareira –, mas é claro que não pode ter acontecido nada de errado com ela. Ninguém pode morrer ou ser morto na Terra de Oz, e a própria Ozma é uma fada poderosa, não tem inimigos, até onde sabemos. Por isso não estou nem um pouco preocupada com ela, apesar de admitir que seu silêncio é incomum.

– Talvez ela tenha dormido além da conta – disse Dorothy, pensativa. – Ou pode estar lendo ou trabalhando em algum tipo novo de magia para fazer o bem para seu povo.

– Qualquer uma dessas coisas pode ser verdade – respondeu Jellia Jamb –, por isso não me atrevi a perturbar nossa dama real. Mas você é uma pessoa privilegiada, princesa, e tenho certeza de que Ozma não se importaria se você entrasse para vê-la.

– Claro que não – disse Dorothy, e entrou abrindo a porta da antessala. Tudo estava quieto ali. Ela entrou no próximo cômodo, que era o *boudoir* de Ozma, e então, abrindo uma pesada cortina ricamente bordada com fios de ouro puro, a garota entrou no quarto da fada Governante de Oz. A cama de marfim e ouro estava vazia; o quarto estava vazio; não havia sinal algum de Ozma.

Bastante surpresa, mas ainda sem medo de que algo tivesse acontecido à sua amiga, Dorothy voltou pelo *boudoir*, indo para o restante dos aposentos. Ela foi à sala de música, à biblioteca, ao laboratório, ao banheiro, ao closet e até à grande sala do trono, que era adjacente aos aposentos, mas não encontrou Ozma em nenhum desses lugares.

Ela voltou à sala de espera onde tinha deixado a camareira, Jellia Jamb, e disse:

– Ela não está em seus aposentos agora, então deve ter saído.

– Não sei como ela pode ter feito isso sem que eu visse – respondeu Jellia –, a não ser que tenha ficado invisível.

– Bem, de qualquer forma, ela não está lá – afirmou Dorothy.

– Então, vamos procurá-la – sugeriu a camareira, que parecia um pouco inquieta.

Elas percorreram os corredores, e Dorothy quase tropeçou em uma garota estranha que estava dançando levianamente pela passagem.

– Pare um instante, Aparas! – disse Dorothy. – Viu Ozma hoje de manhã?

– Eu não! – respondeu a garota estranha, dançando mais para perto. – Perdi meus dois olhos ontem à noite em uma briga com o Woozy, que os arrancou do meu rosto com suas patas quadradas. Assim, guardei meus olhos no bolso e hoje de manhã Botão-Brilhante me levou até a tia Em, que os costurou de volta. Por isso, não vi nada hoje, exceto nos últimos cinco minutos. Então, é claro que não vi Ozma.

– Muito bem, Aparas – disse Dorothy, olhando curiosamente para os olhos que eram simplesmente dois botões pretos e redondos costurados no rosto da menina.

Havia outras coisas a respeito da Aparas que pareceriam curiosas ao vê-la pela primeira vez. Ela era comumente chamada de "Menina de Retalhos", porque seu corpo e seus membros foram feitos de uma colcha de retalhos de cores vivas que fora cortada naquele formato e enchida com algodão. Sua cabeça era uma bola recheada da mesma forma e presa em seus ombros. Em vez de cabelo, ela tinha um bocado de lã marrom e, para que tivesse um nariz, uma parte do tecido foi puxada no formato de uma maçaneta e amarrada com uma linha para que ficasse no lugar. Sua boca foi feita cuidadosamente cortando uma fenda no lugar certo e forrando-a com seda vermelha, acrescentando duas fileiras de pérolas para os dentes e um pedacinho de flanela vermelha para a língua.

Apesar dessa composição estranha, a Menina de Retalhos estava magicamente viva e tinha provado ser uma das figuras pitorescas bastante alegres e agradáveis que habitavam a incrível Terra de Fadas de Oz. Na verdade, Aparas era uma das preferidas de todos, apesar de ser um bocado descuidada e imprevisível, e de dizer e fazer muitas coisas que surpreendiam seus amigos. Ela quase não ficava quieta, amava dançar, dar estrelinhas e piruetas, subir em árvores e deixar-se levar por muitas outras atividades dinâmicas.

– Vou procurar Ozma – observou Dorothy –, porque ela não está em seus aposentos e quero fazer um pedido.

– Vou com você – disse Aparas –, porque meus olhos são mais brilhantes que os seus e eu posso ver mais longe.

– Não tenho certeza disso – respondeu Dorothy –, mas pode vir junto se quiser.

Juntas elas procuraram por todo o grande palácio, indo até aos limites mais distantes do terreno, que era bastante grande, mas não encontraram uma pista sequer de Ozma. Quando Dorothy voltou para onde Betsy e Trot a esperavam, o rosto da garotinha estava bastante preocupado, já que Ozma nunca saíra sem dizer a suas amigas aonde ia, ou sem uma escolta condizente com seu estado real.

Mesmo assim, ela não estava lá e ninguém a vira sair. Dorothy encontrou o Espantalho, Tic-Tac, o Homem-Farrapo, Botão-Brilhante, Capitão Bill, e até mesmo o sábio e poderoso Mágico de Oz, e perguntou a todos eles, mas ninguém tinha visto Ozma desde que ela se despedira dos amigos na noite anterior e se retirara para seus aposentos.

– Ela não disse nada na noite passada sobre ir a lugar algum – observou a pequena Trot.

–Não, e essa é a parte esquisita – respondeu Dorothy. – Geralmente, Ozma nos diz tudo o que ela faz.

– Por que não olhar no quadro mágico? – sugeriu Betsy Bobbin. – Aí saberemos onde ela está, e isso só vai levar um segundo.

– É claro! – gritou Dorothy. – Por que não pensei nisso antes? – e as garotas foram imediatamente para o *boudoir* de Ozma, onde o quadro mágico sempre ficou.

Esse incrível quadro mágico era um dos maiores tesouros reais de Ozma. Ele tinha uma grande moldura de ouro, em cujo centro havia uma tela azul-acinzentada onde várias cenas apareciam e desapareciam constantemente. Se a pessoa que estivesse em sua frente desejasse ver o que qualquer um, em qualquer lugar do mundo, estivesse fazendo, só era necessário desejar e a cena no quadro mágico mudaria para a cena em que a tal pessoa estivesse e mostraria exatamente o que ele ou ela estivesse fazendo. Portanto, as garotas sabiam que seria fácil para elas desejarem ver Ozma, e com o quadro elas descobririam bem rápido onde ela estava.

Dorothy foi até o lugar em que o quadro ficava geralmente coberto por pesadas cortinas de cetim e as abriu. Ela então ficou olhando surpresa, enquanto as duas amigas soltavam exclamações de decepção.

O quadro mágico tinha desaparecido. Só havia um espaço vazio atrás das cortinas onde ele antes estivera pendurado.

OS PROBLEMAS DE GLINDA, A BOA

Naquela mesma manhã, houve muita animação no castelo da poderosa Bruxa de Oz, Glinda, a Boa. Esse castelo, que ficava no País dos Quadlings, muito ao sul da Cidade das Esmeraldas onde Ozma governava, era uma construção esplêndida de mármores belíssimos e grades de prata. A Bruxa morava aqui, cercada por um conjunto das mais belas donzelas de Oz, trazidas de todos os quatro países daquela terra das fadas, assim como da própria Cidade das Esmeraldas, que ficava no cruzamento entre os quatro países.

Era considerada uma grande honra poder servir à Bruxa Boa, cujas artes da magia eram usadas apenas em benefício do povo de Oz. Glinda era a serva mais valiosa de Ozma, porque seu conhecimento de bruxaria era fantástico e ela podia conseguir quase qualquer coisa que sua mestra, a adorável governante de Oz, desejasse.

De todas as coisas que cercavam Glinda em seu castelo, não havia nada mais fantástico do que seu grande livro de registros. Todos os eventos importantes que aconteciam em qualquer lugar do mundo conhecido eram constantemente inscritos nesse livro, a cada dia e a cada hora, exatamente no momento em que aconteciam. Cada aventura na Terra de Oz e no grande mundo além dela, mesmo lugares de que nunca se tinha ouvido falar, estava registrada com precisão no grande livro, que nunca cometia erro algum e só trazia a mais pura verdade. Por esse motivo, nada podia ser escondido de Glinda, a Boa, que só precisava olhar as páginas do grande livro de registros para saber tudo que havia acontecido. Esse era um dos motivos que faziam dela uma grande bruxa, pois os registros a tornavam mais sábia do que qualquer outra pessoa viva.

Esse livro fantástico ficava sobre uma grande mesa de ouro no meio da sala de estar de Glinda. As pernas da mesa, que eram incrustadas de pedras preciosas, estavam firmemente presas no chão de cerâmica, e o livro em si estava acorrentado à mesa e preso com seis fortes cadeados de ouro. As chaves que os abriam estavam em um colar que Glinda carregava em volta do pescoço.

As páginas do grande livro eram maiores do que as de um jornal e, apesar de serem extremamente finas, havia tantas delas que o livro era um tomo enorme e robusto. Com a capa de ouro e as fechaduras de ouro, o livro era tão pesado que três homens mal conseguiam levantá-lo. Ainda assim nesta manhã, quando Glinda entrou em sua sala de estar após o café da manhã, com todas as suas donzelas seguindo-a, a Bruxa Boa ficou deslumbrada ao descobrir que seu grande livro de registros havia desaparecido misteriosamente.

Indo até a mesa, ela viu que as correntes tinham sido cortadas com algum instrumento afiado, e que isso deve ter acontecido enquanto todo o castelo dormia. Glinda estava chocada e aflita. Quem poderia ter feito algo tão ousado e maldoso? E quem poderia querer deixá-la sem seu grande livro de registros?

A Bruxa ficou pensativa por um tempo, considerando as consequências de sua perda. Ela então foi para a sala de magia preparar um feitiço que lhe diria quem roubara o livro de registros. Mas, quando destrancou e abriu as portas de seus armários, todos seus instrumentos mágicos e raros compostos químicos haviam sido retirados das prateleiras.

A Bruxa agora estava tão irritada quanto alarmada. Ela se sentou em uma cadeira e tentou pensar como esse roubo extraordinário podia ter acontecido. Ficou evidente que o ladrão era alguém com um poder imenso, caso contrário o roubo nunca aconteceria sem o seu conhecimento. Mas quem, em toda a Terra de Oz, era poderoso e habilidoso o suficiente para fazer algo tão horrível? E quem, com tal poder, poderia ter como objetivo desafiar a bruxa mais sábia e talentosa do mundo inteiro?

Glinda pensou sobre o assunto perturbador por uma hora inteira. E, no fim dessa hora, ela ainda não conseguia explicar. Mas apesar de seus instrumentos e substâncias terem desaparecido, seu *conhecimento* de magia não fora roubado de forma alguma, já que ladrão nenhum, por mais habilidoso que fosse, poderia roubar o conhecimento de alguém, e é por isso que o conhecimento é o melhor e mais seguro tesouro que pode ser adquirido. Glinda acreditava que quando tivesse tempo suficiente para juntar mais ervas e elixires mágicos e para fabricar mais instrumentos mágicos, ela poderia descobrir quem era o ladrão e o que tinha acontecido com seu precioso livro de registros.

– Quem quer que tenha feito isso é uma pessoa muito tola – disse ela para suas donzelas –, porque certamente será descoberto mais cedo ou mais tarde e será severamente punido.

Ela fez uma lista de todas as coisas de que precisava e mandou mensageiros para cada parte de Oz com instruções de obtê-las e trazê-las de volta o mais rápido possível. E um de seus mensageiros encontrou o pequeno Mágico de Oz, que estava montado no famoso Cavalete e segurava com as duas mãos em seu pescoço, pois o Cavalete corria para o castelo de Glinda com a velocidade do vento, levando a notícia de que Ozma Real, a governante de toda a grande Terra de Oz, tinha desaparecido subitamente e ninguém na Cidade das Esmeraldas sabia o que acontecera com ela.

– Além disso – disse o Mágico, enquanto estava diante da Bruxa perplexa –, o quadro mágico de Ozma sumiu, e não podemos consultá-lo para descobrir onde ela está. Por isso vim até aqui para pedir ajuda assim que percebemos essa perda. Deixe-nos consultar o grande livro de registros.

– Infelizmente não podemos fazer isso – disse a Bruxa pesarosamente –, pois o grande livro de registros também desapareceu!

O ROUBO DE CAYKE,
A COZINHEIRA DE COOKIES

Outro roubo importante foi relatado na Terra de Oz naquela manhã movimentada, mas ele aconteceu tão longe tanto da Cidade das Esmeraldas quanto do castelo de Glinda, a Boa, que nenhuma das pessoas que já mencionamos ficou sabendo do roubo até muito tempo depois.

No canto sudoeste mais distante do País dos Winkies existe um grande planalto que só pode ser alcançado subindo uma ladeira bem íngreme de quaisquer dos seus lados. Na encosta que cerca esse planalto não há caminho algum e sim uma grande quantidade de moitas com espinhos afiados que impedem que qualquer uma das pessoas de Oz que vivem lá embaixo subam para ver o que está no topo. Mas lá em cima vivem os yips, e apesar do espaço que ocupam não ser tão grande, o pequenino país é só deles. Os yips nunca desceram de seu amplo planalto para ir à Terra de Oz, nem as pessoas de Oz subiram até o País dos Yips, pelo menos até o começo dessa história.

Vivendo assim tão solitários, os yips tinham modos e ideias próprias bastante estranhas e não se pareciam de forma alguma com quaisquer outras pessoas na Terra de Oz. Suas casas estavam espalhadas por toda a superfície plana; não como em uma cidade, todas juntas, mas sim colocadas onde quer que seus donos desejassem, com campos de um lado, árvores de outro e pequenos caminhos estranhos ligando as casas.

Foi aqui, na manhã que Ozma sumiu tão estranhamente da Cidade das Esmeraldas, que Cayke, a Cozinheira de Cookies, descobriu que sua bacia de ouro cravejada de diamantes fora roubada, e ela criou tamanho alvoroço por sua perda e gritou e chorou tão alto que muitos dos yips se juntaram em volta de sua casa para perguntar qual era o problema.

Era algo muito sério, em qualquer lugar da Terra de Oz, acusar alguém de roubo. Então, quando os yips ouviram Cayke, a Cozinheira de Cookies, dizer que sua bacia preciosa tinha sido roubada, eles se sentiram tão humilhados e perturbados que forçaram Cayke a ir com eles até o Homem Sapo para ver o que podia ser feito.

Não acho que vocês já tenham ouvido falar do Homem Sapo antes, pois assim como todos os outros moradores daquele planalto, ele jamais saíra dali, assim como nenhuma outra pessoa jamais subira para vê-lo. O Homem Sapo era, na verdade, descendente dos sapos comuns de Oz, e quando nasceu ele vivia em uma lagoa no País dos Winkies e parecia um sapo como qualquer outro. Entretanto, por ter uma natureza bastante aventureira, ele logo saltou para fora da lagoa e começou a viajar. Aí um pássaro bem grande passou e pegou-o com seu bico para levá-lo para seu ninho. Quando estava bem alto no ar, o sapo se debateu tanto que se soltou e caiu bem lá embaixo dentro de uma lagoazinha escondida no planalto dos yips. Agora, essa lagoa, aparentemente, não era conhecida pelos yips, porque era cercada de moitas bem cheias e não estava perto de nenhuma moradia. E ela se provou ser uma lagoa encantada, porque o sapo cresceu muito, bem rápido, alimentando-se da vegetação mágica que não era encontrada em lugar algum do mundo, exceto naquela lagoa. E a vegetação não só deixou o sapo tão grande, que quando andava em duas patas era do tamanho de qualquer yip, como o deixou excepcionalmente inteligente, o que fez com que logo soubesse mais do que os yips e conseguisse raciocinar e debater muitíssimo bem.

Ninguém esperaria que um sapo com esses talentos ficasse escondido em uma lagoa, então ele finalmente saiu e foi se juntar às pessoas do planalto, que ficaram admiradas com sua aparência e extremamente impressionadas com sua erudição. Eles nunca tinham visto um sapo antes, assim como o sapo nunca tinha visto um yip, mas como havia vários yips e só um sapo, ele logo se tornou bem mais importante. Ele não saltava mais e passou a andar ereto em duas pernas. Também se vestia com roupas chiques e se sentava em cadeiras e fazia todas as coisas que as pessoas faziam. Assim, ele logo passou a ser chamado de Homem Sapo, e esse é o único nome que ele teve.

Depois de alguns anos, as pessoas começaram a ver o Homem Sapo como conselheiro de todas as questões que as intrigavam. Elas apresentavam a ele todas as suas dificuldades, e quando ele não sabia, fingia saber, o que parecia ser uma resposta tão boa quanto qualquer outra. Na verdade, os yips pensavam que o Homem Sapo era muito mais sábio do que realmente era, e ele deixava isso acontecer, tendo muito orgulho da sua posição de autoridade.

Havia outra lagoa no planalto, que não era encantada, mas tinha uma água boa e cristalina e ficava perto das casas. Ali as pessoas construíram uma casa para o Homem Sapo, perto da beira da lagoa, para que ele pudesse tomar um banho ou nadar sempre que quisesse. Ele geralmente nadava na piscina de manhã bem cedo, antes que qualquer um tivesse acordado, e durante o dia ele se vestia com roupas muito bonitas e ficava sentado em sua casa, recebendo as visitas de todos os yips que vinham até ele para pedir seu conselho.

O traje costumeiro do Homem Sapo consistia em calças curtas feitas de um cetim aveludado amarelo, com enfeites de fio de ouro, e joelheiras cheias de joias; um colete de cetim branco com botões de prata com rubis; um fraque amarelo bem vivo; meias verdes e sapatos de couro vermelho com as pontas curvadas para cima e fivelas de diamantes. Ele usava, quando saía, um chapéu de seda roxo e carregava uma bengala com um apoio de ouro. Nos olhos ele tinha óculos belíssimos com aros de ouro, não porque precisasse, mas porque o faziam parecer sábio. E sua aparência era tão distinta e maravilhosa que todos os yips se orgulhavam muito dele.

Não havia rei ou rainha no País dos Yips, então os habitantes simplórios naturalmente passaram a ver o Homem Sapo como seu líder, além de conselheiro em todas as emergências. O Homem Sapo sabia em seu coração que não era mais sábio que os yips, mas um sapo saber o mesmo tanto que uma pessoa era bastante surpreendente, e o Homem Sapo era astuto o suficiente para fazer as pessoas acreditarem que era muito mais sábio do que parecia. Elas nunca imaginaram que ele era uma farsa, ouviam suas palavras com muito respeito e faziam exatamente o que ele aconselhava.

Nesse momento que Cayke, a Cozinheira de Cookies, fez tanto alvoroço sobre o roubo de sua bacia cravejada de diamantes, o primeiro pensamento das pessoas foi levá-la ao Homem Sapo e informá-lo sobre a perda, achando que ele diria a ela onde encontrar sua bacia.

Ele ouviu a história com seus grandes olhos bem abertos por trás de seus óculos, e disse com sua voz grave e coaxante:

– Se a bacia foi roubada, alguém deve tê-la levado.

– Mas quem? – perguntou Cayke ansiosamente. – Quem é o ladrão?

– Quem levou a bacia, é claro – respondeu o Homem Sapo, e ao ouvi-lo todos os yips concordaram com a cabeça, dizendo uns aos outros:

– Isso é a mais absoluta verdade!

– Mas eu quero minha bacia! – gritou Cayke.

– Ninguém pode culpá-la por ter esse desejo – observou o Homem Sapo.

– Então me diga onde a encontrar! – pediu ela.

O Homem Sapo encarou-a de um jeito que parecia muito sábio e, levantando-se de sua cadeira, andou de um lado para outro da sala com as mãos sob as abas do fraque, de maneira bem pomposa e imponente. Essa foi a primeira vez que apresentaram a ele um problema tão difícil e ele queria um tempo para pensar. Ele de forma alguma poderia deixar que suspeitassem de sua ignorância, então pensou e pensou na melhor forma de responder a mulher sem acabar se revelando.

– Devo informá-la de que jamais houve antes um roubo no País dos Yips – disse ele.

– Disso já sabemos – respondeu Cayke, a Cozinheira de Cookies, sem paciência.

– Portanto – continuou o Homem Sapo –, isso se torna uma questão de muita importância.

– Muito bem, e onde está minha bacia? – perguntou a mulher.

– Está desaparecida; mas deve ser encontrada. Infelizmente, como não temos policiais ou detetives para desvendar esse mistério, precisamos de outros meios para recuperar o artigo perdido. Cayke deve redigir uma declaração e pregá-la em sua porta, e nela deve estar escrito que a pessoa que roubou sua bacia cheia de diamantes deve devolvê-la imediatamente.

– Mas e se ninguém a devolver? – questionou Cayke.

– Então esse próprio fato será a prova de que ninguém a roubou – disse o Homem Sapo.

Cayke não ficou satisfeita, mas os outros yips pareciam ter aprovado o plano. Todos a aconselharam a fazer o que o Homem Sapo mandara. Assim, ela pregou o cartaz em sua porta e esperou pacientemente que alguém devolvesse sua bacia, o que jamais aconteceu.

Ela foi, acompanhada por um grupo de vizinhos, mais uma vez ao Homem Sapo, que já tinha pensado consideravelmente sobre o assunto. Assim disse ele a Cayke:

– Estou agora convencido de que nenhum yip pegou sua bacia e, já que ela não está mais no País dos Yips, suspeito que algum estranho veio do mundo lá de baixo, na escuridão da noite enquanto todos dormíamos, e levou o seu tesouro embora. Não pode existir nenhuma outra explicação para o desaparecimento. Assim, se quiser recuperar aquela bacia dourada e cravejada de diamantes, você deve ir ao mundo de baixo atrás dela.

Aquela definitivamente foi uma proposta surpreendente. Cayke e seus amigos foram até a beira do planalto e olharam para a ladeira íngreme que levava aos campos lá embaixo. Eles ficavam tão distantes que ninguém conseguia ver coisa alguma, e pareceu aos yips ser muito ousado, se não arriscado, ir tão longe de casa para uma terra desconhecida.

Entretanto, Cayke queria muito sua bacia. Assim, virou-se para seus amigos e perguntou:

– Quem vem comigo?

Ninguém respondeu à pergunta, mas depois de um tempo em silêncio, um dos yips disse:

– Sabemos o que existe aqui, no topo dessa colina plana, e para nós parece ser um lugar muito agradável; mas o que existe lá embaixo, nós não sabemos. É muito provável que não seja assim tão agradável, então é melhor que fiquemos onde estamos.

– Pode ser um país muito melhor que esse – sugeriu a Cozinheira de Cookies.

– Talvez, talvez – respondeu outro yip. – Mas por que se arriscar? É muito mais sábio se contentar com o que já se tem. Talvez, em algum outro país, existam cookies mais gostosos que os seus; mas como sempre comemos os seus cookies e gostamos deles, menos quando estão queimados embaixo, não queremos outros melhores.

Cayke poderia ter concordado com esse raciocínio se não estivesse tão ansiosa para encontrar sua bacia preciosa, por isso exclamou com impaciência:

– Vocês são uns covardes! Todos vocês! Se ninguém quer explorar comigo o grande mundo além dessa pequena colina, certamente irei sozinha.

– Essa é uma decisão muito sábia – disseram os yips, muito aliviados. – Foi a sua bacia que sumiu, não a nossa; e se está disposta a arriscar sua vida e liberdade para recuperá-la, ninguém pode negar esse seu privilégio.

Enquanto essa conversa acontecia, o Homem Sapo juntou-se a eles e olhou para a planície lá embaixo com seus olhos grandes, parecendo estranhamente pensativo. Na verdade, ele estava pensando que gostaria de ver outros lugares do mundo. Aqui no País dos Yips ele tinha se tornado a criatura mais importante e essa importância estava começando a perder a graça. Seria bom ter outras pessoas que fossem até ele para pedir conselhos e não havia motivo algum, até onde ele enxergava, para sua fama não se espalhar por toda a Oz.

Ele não sabia coisa alguma sobre o resto do mundo, mas fazia sentido acreditar que havia mais pessoas além da montanha onde ele vivia agora do que yips, e se fosse para o meio delas, ele poderia surpreendê-las com sua demonstração de sabedoria e fazê-las se curvarem para ele, assim como os yips faziam. Ou seja, o Homem Sapo tinha a ambição de se tornar maior do que já era, o que seria impossível se ele continuasse nessa montanha.

Ele queria que outras pessoas vissem suas roupas maravilhosas e ouvissem seus dizeres solenes, e agora ele tinha uma desculpa para sair do País dos Yips. Assim, ele falou para Cayke, a Cozinheira de Cookies:

– *Eu* irei com você, minha cara – o que agradou Cayke muitíssimo, porque ela achava que o Homem Sapo ajudaria muito em sua busca.

Mas agora que o poderoso Homem Sapo decidira enfrentar a jornada, vários yips jovens e aventureiros decidiram imediatamente juntar-se a eles. Portanto, na manhã seguinte, após o café da manhã, o Homem Sapo, Cayke, a Cozinheira de Cookies, e nove outros yips começaram a escorregar pela encosta da montanha. Os espinheiros e cactos eram bem afiados e desconfortáveis, por isso o Homem Sapo ordenou que os yips fossem na frente para abrir um caminho para que, quando ele os seguisse, não rasgasse suas roupas esplêndidas. Cayke também estava usando seu melhor vestido, e não gostava de todos aqueles espinhos, então ficou esperando com o Homem Sapo.

Eles demoraram bastante naquela tarefa e a noite caiu sobre eles antes de chegarem à metade da encosta, então encontraram uma caverna onde se abrigaram até de manhã. Como Cayke tinha trazido uma cesta repleta de seus famosos cookies, eles tinham comida à vontade.

No segundo dia, os yips começaram a desejar não ter saído nessa aventura. Eles resmungaram um bocado por ter que cortar os espinhos para abrir caminho para o Homem Sapo e a Cozinheira de Cookies, pois suas roupas ficaram cheias de rasgos enquanto os outros dois viajavam tranquila e confortavelmente.

– Se é verdade que alguém veio ao nosso país para roubar sua bacia de diamantes – disse um dos yips para Cayke –, deve ter sido um pássaro, porque ninguém com o formato de homem, mulher ou criança poderia ter subido e descido por entre esses espinheiros.

– E mesmo que tivesse – disse outro yip –, a bacia dourada cravejada de diamantes não compensaria todo esse esforço.

– Por mim – disse um terceiro yip –, eu preferia voltar para casa, encontrar e polir mais diamantes, minerar mais ouro e fazer uma bacia nova para você a ficar arranhado da cabeça aos pés por causa desses espinheiros horríveis. Nem minha própria mãe me reconheceria ao me ver nesse estado.

Cayke não deu a menor importância para esses resmungos, assim como o Homem Sapo. Apesar de a jornada estar sendo lenta, os yips deixaram-na bem confortável, e eles não tinham a menor vontade de reclamar ou de voltar para casa.

Perto do sopé da grande colina eles chegaram a um abismo profundo, cujas margens eram lisas como vidro. O abismo continuava por um pedaço bem grande do caminho, até onde podiam ver, em qualquer direção, e apesar de não ser muito largo, era o suficiente para que os yips não conseguissem saltar sobre ele. E, caso caíssem lá dentro, era provável que nunca conseguissem sair.

– Nossa jornada termina aqui – disseram os yips. – Precisamos voltar.

Cayke, a Cozinheira de Cookies, começou a chorar.

– Nunca encontrarei minha linda bacia de novo... Isso vai partir meu coração! – soluçava.

O Homem Sapo foi até a beira do abismo e mediu cuidadosamente a distância até o outro lado com seus olhos.

– Como sou um sapo, consigo saltar – disse ele. – Todos os sapos conseguem. E por ser grande e forte, estou certo de que consigo chegar ao outro lado do abismo com facilidade. Mas todos vocês, já que não são sapos, deveriam voltar por onde vieram.

– Faremos isso com o maior prazer – gritaram os yips e começaram a subir a montanha íngreme imediatamente, achando que já tinham se aventurado o suficiente. Cayke, a Cozinheira de Cookies, no entanto, não se juntou a eles. Ela se sentou em uma pedra e chorou e berrou, parecendo muito pesarosa.

– Bem – disse a ela o Homem Sapo –, agora devo me despedir de você. Caso encontre sua bacia de ouro decorada com diamantes, prometo garantir que lhe seja devolvida.

– Mas eu quero encontrá-la! – disse ela. – Veja bem, Homem Sapo, não tem como me carregar junto quando saltar? Você é grande e forte e eu sou pequena e magra.

O Homem Sapo pensou bastante sobre essa sugestão. O fato era que Cayke, a Cozinheira de Cookies, não era uma pessoa pesada. Talvez ele pudesse saltar sobre o abismo com ela nas costas.

– Se estiver disposta a arriscar a queda – respondeu –, posso tentar.

Ela imediatamente ficou de pé num salto e segurou-se no pescoço dele com as duas mãos. Quer dizer, ela se segurou onde deveria estar o pescoço dele, já que o Homem Sapo não tinha pescoço algum. Ele então se agachou, como os sapos fazem quando saltam, e deu um salto tremendo com suas pernas traseiras poderosas.

Ele passou por cima do abismo, com a Cozinheira de Cookies em suas costas, e pulou com tanta força, pois queria garantir que não cairia, que passou por cima de vários espinheiros que cresciam do outro lado e pousou em um espaço aberto que era tão longe do abismo que nem conseguiam enxergá-lo ao olharem para trás.

Cayke desceu das costas do Homem Sapo, que se endireitou e cuidadosamente espanou o pó de seu casaco de veludo, ajeitando sua gravata de seda branca.

– Não imaginava que conseguiria pular tão longe – disse maravilhado. – Saltar é mais uma das façanhas que posso acrescentar à longa lista de coisas que consigo fazer.

– Você é sem dúvida um excelente saltador – disse a Cozinheira de Cookies admirada. – E é maravilhoso de várias formas, como você mesmo diz. Estou certa de que, se encontrarmos pessoas aqui embaixo, elas o considerarão a maior e mais incrível de todas as criaturas.

– Sim – respondeu ele. – Eu provavelmente impressionarei esses desconhecidos, pois nunca tiveram o prazer de me conhecer. Além disso, ficarão maravilhados com o tanto de coisas que aprendi. Cada vez que abro minha boca sai algo muito importante, Cayke.

– Isso é verdade – concordou ela. – E é excelente que sua boca seja tão larga e se abra tanto, pois caso contrário talvez toda essa sabedoria não fosse transmitida.

– Talvez a natureza a tenha feito dessa forma por esse motivo – disse o Homem Sapo. – Mas venha, precisamos continuar, pois está ficando tarde e precisamos achar abrigo antes que a noite nos alcance.

NO MEIO DOS WINKIES

As partes habitadas do País dos Winkies estão repletas de pessoas felizes e satisfeitas, governadas por um imperador de lata chamado Nick Lenhador, que, por sua vez, é súdito da belíssima garota governante, Ozma de Oz. Mas o país inteiro não é assim. Ao Leste, na parte que está mais perto da Cidade das Esmeraldas, existem estradas e fazendas lindas, mas à medida que seguimos para o Oeste, chegamos a um braço do Rio Winkie além do qual existe um território árido onde vivem poucas pessoas, e algumas delas não são conhecidas pelo mundo. Após atravessar esse território desagradável, que ninguém visita, chegamos a mais um braço do Rio Winkie, e depois de atravessá-lo chegamos a outra parte bem assentada do País Winkie, que se estende pelo Oeste até quase chegar ao Deserto Mortal que cerca toda a Terra de Oz e separa essa privilegiada terra das fadas do resto do mundo comum. Os winkies que vivem nessa parte do Oeste têm muitas minas de estanho e com esse metal eles fazem joias riquíssimas e outros objetos, que são bastante apreciados na Terra de Oz, porque o estanho é tão brilhante e belo, e não tão comum quanto a prata ou o ouro.

Entretanto, nem todos os winkies são mineradores. Alguns deles cuidam do solo e plantam grãos para comerem, e uma dessas fazendas foi o primeiro lugar em que o Homem Sapo e Cayke, a Cozinheira de Cookies, chegaram após descerem da montanha dos yips.

– Minha nossa! – gritou Nellary, a esposa winkie, quando viu a dupla estranha se aproximando de sua casa. – Já vi várias criaturas estranhas na Terra de Oz, mas nenhuma tão estranha quanto esse sapo gigante que se veste como homem e anda em duas pernas. Wiljon, venha aqui – disse ela chamando seu esposo que ainda tomava o café da manhã. – Dê uma olhada nessa aberração impressionante.

O winkie Wiljon veio até a porta e olhou para fora. Ele ainda estava na soleira quando o Homem Sapo se aproximou e disse com um coaxar arrogante:

– Diga-me, meu bom homem, por acaso viu uma bacia de ouro cravejada de diamantes?

– Não, assim como não vi uma lagosta banhada de cobre – respondeu Wiljon em um tom igualmente arrogante.

O Homem Sapo o encarou e disse:

– Não seja insolente, meu chapa!

– Não – acrescentou Cayke, a Cozinheira de Cookies, intempestivamente –, você deve ser muito cordial com o grande Homem Sapo, pois ele é a criatura mais sábia do mundo inteiro.

– Quem disse isso? – indagou Wiljon.

– Ele mesmo – respondeu Cayke, e o Homem Sapo concordou com a cabeça, andando de um lado para o outro, balançando bem graciosamente sua bengala com apoio de ouro.

– O Espantalho admite que esse sapo grande demais é a criatura mais sabia do mundo? – perguntou Wiljon.

– Eu não conheço esse Espantalho – respondeu Cayke, a Cozinheira de Cookies.

– Bem, ele vive na Cidade das Esmeraldas e dizem que tem o melhor cérebro de toda a Oz. O Mágico de Oz que o deu para ele.

– O meu cresceu dentro da minha cabeça – disse o Homem Sapo cheio de pompa –, assim acho que é melhor do que qualquer cérebro de mágico. Tenho tanta sabedoria que ela às vezes faz minha cabeça doer. Eu sei tantas coisas que preciso esquecer parte delas com frequência, pois não existe criatura alguma, por maior que seja, que possa conter tanto conhecimento.

– Deve ser horrível estar atulhado de conhecimento – respondeu o winkie pensativo, encarando o Homem Sapo com um olhar duvidoso. – Tenho a sorte de saber muito pouco.

– Espero, no entanto, que saiba onde minha bacia cheia de joias está – disse com ansiedade a Cozinheira de Cookies.

– Nem isso eu sei – retrucou o winkie. – Já é difícil demais tomar conta de nossas próprias bacias para ficarmos nos metendo com as bacias dos outros.

Achando-o muito ignorante, o Homem Sapo propôs que continuassem andando e procurassem a bacia de Cayke em outro lugar. O winkie Wiljon não pareceu muito impressionado com o grande Homem Sapo, o que pareceu a esse personagem tão estranho quanto decepcionante; mas outras pessoas nessa terra desconhecida talvez fossem mais respeitosas.

– Eu gostaria de conhecer o Mágico de Oz – observou Cayke, enquanto andavam pelo caminho. – Se ele conseguiu dar um cérebro para um Espantalho, é bem capaz que possa encontrar minha bacia.

– *Hunf!* – grunhiu o Homem Sapo cheio de desprezo. – Sou melhor que qualquer mágico. Conte *comigo*. Se sua bacia estiver em qualquer lugar do mundo, eu certamente a encontrarei.

– Vai partir meu coração se não a encontrar – disse a Cozinheira de Cookies com uma voz triste.

O Homem Sapo caminhou em silêncio por um tempo. Logo em seguida, perguntou:

– Por que dá tanta importância a uma bacia?

– É o meu maior tesouro – respondeu a mulher. – Ela foi da minha mãe e de todas as minhas avós desde o começo dos tempos. Acredito que seja a coisa mais antiga do País dos Yips, ou pelo menos era enquanto ainda estava lá. E ela tem poderes mágicos! – acrescentou ela com um sussurro admirado.

– Que poderes? – perguntou o Homem Sapo, parecendo surpreso com a declaração.

– Todas as donas da bacia foram boas cozinheiras, para começo de conversa. Ninguém mais consegue fazer cookies tão bons quanto os meus, como você e todos os yips sabem. Mesmo assim, na manhã em que a bacia foi roubada, eu tentei fazer uma leva de cookies e eles queimaram no forno! Fiz outra leva, que ficou dura demais para ser comida, e fiquei com tanta vergonha que enterrei tudo. Até a terceira leva de cookies, que trouxe na cesta, ficou tão simples que eles não eram melhores do que aqueles que qualquer mulher que não tenha minha bacia de ouro cravejada de diamantes consegue fazer. Na verdade, meu caro Homem Sapo, Cayke, a Cozinheira de Cookies, nunca conseguirá fazer bons cookies de novo até recuperar sua bacia mágica.

– Nesse caso – disse o Homem Sapo com um suspiro –, imagino que precisamos dar um jeito de encontrá-la.

OS AMIGOS DE OZMA ESTÃO PERPLEXOS

– Sinceramente, isso é muito surpreendente – disse Dorothy solenemente. – Não conseguimos achar nem a sombra de Ozma em toda a Cidade das Esmeraldas. E ela levou o quadro mágico com ela para onde quer que tenha ido.

Ela estava no pátio do palácio com Betsy e Trot, enquanto a Menina de Retalhos dançava em volta do grupo, seu cabelo esvoaçando ao vento.

– Talvez alguém tenha roubado Ozma – disse Aparas, ainda dançando.

– Oh, ninguém se atreveria a fazer isso – exclamou a pequenina Trot.

– E roubaram o quadro mágico também, para que não mostrasse onde ela está – acrescentou a Menina de Retalhos.

– Isso é um absurdo – disse Dorothy. – Ora, todos amam Ozma. Não há uma só pessoa na Terra de Oz que roubaria qualquer coisa dela.

– *Hunf!* – retrucou a Menina de Retalhos. – Você não conhece todas as pessoas de Oz.

– Como assim?

– É um lugar muito grande – disse Aparas. – Existem buracos e cantos que nem Ozma conhece.

– A Menina de Retalhos é só uma tonta – afirmou Betsy.

– Não, ela está certa quanto a isso – respondeu Dorothy pensativa. – Existem muitas pessoas estranhas nessa terra das fadas que nunca nem chegaram perto de Ozma ou da Cidade das Esmeraldas. Eu mesma vi algumas, meninas. Mas é claro que não vi todas, e *talvez* ainda existam pessoas maldosas em Oz, apesar de eu achar que todas as bruxas más foram derrotadas.

Nesse momento, o Cavalete disparou para dentro do pátio com o Mágico de Oz montado nele.

– Encontraram Ozma? – gritou o Mágico de Oz assim que o Cavalete parou ao lado delas.

– Ainda não – disse Dorothy. – Glinda não sabe onde ela está?

– Não. O livro de registros de Glinda e todos seus instrumentos mágicos desapareceram. Alguém deve tê-los roubado.

– Céus! – exclamou Dorothy, alarmada. – Esse é o maior roubo de que já ouvi falar. Quem acha que fez isso, Mágico?

– Não faço ideia – respondeu ele. – Mas vim buscar minha maleta de ferramentas mágicas para levá-las para Glinda. Ela é tão mais poderosa do que eu que talvez consiga descobrir a verdade com a minha mágica melhor e mais rápido do que eu conseguiria.

– Então vá logo – disse Dorothy –, porque estamos todos ficando muito preocupados.

O Mágico correu depressa para seus aposentos, mas em pouco tempo voltou com uma cara triste.

– Sumiu! – disse.

– O que sumiu? – perguntou Aparas.

– Minha maleta preta de ferramentas mágicas. Alguém também deve tê-la roubado!

Eles olharam incrédulos um para o outro.

– Isso está ficando desesperador – continuou o Mágico. – Toda a magia que pertence a Ozma, Glinda ou a mim foi roubada.

– Você acha que a própria Ozma pode tê-las levado por algum motivo? – perguntou Betsy.

– É claro que não – afirmou o Mágico. – Suspeito que algum inimigo tenha roubado Ozma e, com medo de que o seguíssemos para trazê-la de volta, levou toda a nossa magia.

– Que coisa mais horrível! – gemeu Dorothy. – Só a ideia de que alguém quisesse fazer mal a nossa querida Ozma! Podemos fazer *algo* para encontrá-la, Mágico?

– Perguntarei à Glinda. Vou direto até ela para dizer que minhas ferramentas mágicas também desapareceram. A Bruxa Boa ficará imensamente chocada, imagino.

Ele montou de novo em Cavalete, e o corcel pitoresco, que nunca se cansava, foi embora na maior velocidade.

As três garotas estavam com os pensamentos bastante perturbados. Até a Menina de Retalhos estava mais quieta do que de costume e parecia perceber que tinham sofrido um grande abalo. Ozma era uma fada com um poder considerável, e todas as criaturas em Oz, assim como as três garotas mortais do mundo de fora, consideravam-na sua protetora e amiga. A ideia de sua linda garota governante ter sido sobrepujada por um inimigo e arrastada como prisioneira de seu palácio esplêndido era espantosa demais para que compreendessem naquele momento. Ainda assim, que outra explicação poderia haver para esse mistério?

– Ozma não iria embora por vontade própria sem nos avisar – assegurou Dorothy. – E ela não roubaria o grande livro de registros de Glinda ou a magia do Mágico, porque ela poderia tê-los a qualquer momento, simplesmente pedindo. Tenho certeza de que uma pessoa maligna fez isso.

– Alguém na Terra de Oz? – perguntou Trot.

– Mas é claro. Ninguém conseguiria atravessar o Deserto Mortal, não é? E ninguém além de uma pessoa de Oz saberia sobre o quadro mágico, o livro de registros e a magia do Mágico, ou onde essas coisas ficavam guardadas, para assim conseguir roubar tudo antes de conseguirmos impedir. *Certamente* deve ter sido alguém que vive na Terra de Oz.

– Mas quem… quem… quem? – perguntou Aparas. – A questão é essa. Quem?

– Se soubéssemos não estaríamos aqui fazendo nada! – respondeu Dorothy rispidamente.

Naquele instante, dois garotos entraram no pátio e se aproximaram do grupo de garotas. Um garoto vestia um traje munchkin fantástico: um conjunto de jaqueta e bermuda azuis, sapatos azuis de couro e um chapéu azul bem alto com guizos de prata pendurados na aba. E seu nome era Ojo, o Sortudo, que viera do País dos Munchkins de Oz e agora morava na Cidade das Esmeraldas. O outro garoto era um norte-americano da Filadélfia e recentemente tinha chegado em Oz na companhia de Trot e do Capitão Bill. Seu nome era Botão-Brilhante; quer dizer, todos o chamavam assim e não conheciam outro nome.

Botão-Brilhante não era tão grande quanto o garoto munchkin, mas vestia o mesmo tipo de roupas, só que de cores diferentes. Quando os dois se aproximaram das garotas, de braços dados, Botão-Brilhante observou:

– Olá, Dorothy. Dizem por aí que Ozma sumiu.

– *Quem* disse isso? – perguntou ela.

– Todo mundo na cidade só fala nisso – respondeu ele.

– Como será que as pessoas descobriram? – indagou Dorothy.

– Eu sei – disse Ojo. – Jellia Jamb contou a elas. Ela tem perguntado para todo mundo se alguém viu Ozma.

– Isso é péssimo – falou Dorothy, franzindo o rosto.

– Por quê? – perguntou Botão-Brilhante.

– Não havia necessidade de entristecer as pessoas até nos certificarmos de que Ozma não podia ser encontrada.

– *Pff!* – disse Botão-Brilhante. – Não tem nada demais em se perder. Eu já me perdi várias vezes.

– Isso é verdade – admitiu Trot, sabendo que o garoto tinha o hábito de se perder e se encontrar depois. – Mas é diferente com Ozma. Ela é a governante de toda essa enorme terra das fadas e temos medo de que o motivo de seu sumiço é alguém tê-la levado embora.

– Só pessoas malignas roubam – disse Ojo. – Conhece alguma pessoa maligna em Oz, Dorothy?

– Não – respondeu ela.

– Mas elas existem – bradou Aparas dançando até eles e depois em volta do grupo. – Ozma foi roubada, alguém de Oz fez isso e apenas pessoas malignas roubam. Portanto, alguém em Oz é maligno!

Não se podia negar a verdade dessa afirmação. As faces de todos eles agora estavam solenes e pesarosas.

– Tenho certeza de uma coisa – disse Botão-Brilhante depois de um tempo –, se Ozma foi roubada, alguém deveria encontrá-la e punir o ladrão.

– Pode haver vários ladrões – sugeriu Trot séria –, e nesse país das fadas não parece existir soldados ou policiais.

– Existe um soldado – garantiu Dorothy. – Ele tem bigodes verdes e uma arma e é um General de Brigada, mas ninguém tem medo de sua arma ou de seus bigodes, porque ele tem o coração tão mole que não machucaria sequer uma mosca.

– Bem, um soldado continua sendo um soldado – disse Betsy –, e talvez ele machucasse um ladrão maligno, mesmo que não machucasse uma mosca. Onde ele está?

– Ele saiu para pescar há mais ou menos dois meses e ainda não voltou – explicou Botão-Brilhante.

– Então não imagino que nos ajudaria muito nessa situação – suspirou a pequenina Trot. – Mas talvez Ozma consiga se livrar dos ladrões sem ajuda alguma, já que é uma fada.

– Ela *talvez* consiga – admitiu Dorothy, refletindo. – Mas se conseguisse fazer isso, provavelmente não se deixaria ser roubada. Portanto, os ladrões devem ter uma magia ainda mais poderosa do que nossa Ozma.

Esse argumento era inegável e, apesar de conversarem sobre o assunto pelo restante do dia, não conseguiram decidir como Ozma tinha sido levada contra sua vontade ou quem tinha cometido um ato tão vil.

O Mágico voltou perto do anoitecer, vindo lentamente no Cavalete porque estava desalentado e perplexo. Glinda chegou mais tarde em sua carruagem aérea puxada por vinte cisnes brancos como leite, e ela também parecia preocupada e infeliz. Outros amigos de Ozma se juntaram a eles e naquela noite todos tiveram uma longa conversa.

— Eu acho que deveríamos começar a busca por nossa querida Ozma imediatamente — disse Dorothy. — Parece cruel da nossa parte viver confortavelmente em seu palácio enquanto ela é prisioneira sob o poder de algum inimigo maléfico.

— Sim — concordou a Glinda, a Bruxa. — Alguém deveria procurar por ela. Não posso ir eu mesma porque preciso trabalhar muito para criar novos instrumentos de bruxaria com os quais eu consiga resgatar nossa bela governante. Mas se puderem encontrá-la, enquanto isso, e me dizerem quem a levou, conseguirei resgatá-la muito mais rápido.

— Então começaremos amanhã de manhã — declarou Dorothy. — Betsy, Trot e eu não perderemos momento algum.

— Não sei se vocês seriam detetives capazes — observou o Mágico —, mas irei com vocês para protegê-las dos perigos e aconselhá-las. Infelizmente toda a minha magia foi roubada, então agora não sou mais mágico do que nenhuma de vocês; mas tentarei protegê-las dos inimigos que encontrarem.

— Que perigo pode haver para nós em Oz? — perguntou Trot.

— Qual o perigo que havia para Ozma? — respondeu o Mágico. — Se existe um poder maléfico à solta em nossa terra das fadas, que consegue não só roubar Ozma e seu quadro mágico, mas o livro de registros de Glinda e toda a sua magia e minha maleta preta com todos os meus truques de magia, então esse poder maléfico pode ainda nos causar um dano considerável. Ozma é uma fada, assim como Glinda, então nenhum poder pode destruí-las; mas vocês são todas mortais, assim como Botão-Brilhante e eu, portanto, precisamos nos cuidar.

— Nada pode me matar — disse Ojo, o menino Munchkin.

— Isso é verdade — respondeu a Bruxa —, e acho que seria prudente dividi-los em vários grupos para que procurem em toda a Terra de Oz mais rapidamente. Assim, mandarei Ojo, Unc Nunkie e o doutor Pipt para o País dos Munchkins, pois já o conhecem muito bem. E enviarei o Espantalho e o Homem de Lata para o País dos Quadlings, pois eles são destemidos e corajosos e nunca se cansam. E para o País dos Gillikins, que é cheio de perigos, enviarei o Homem-Farrapo e seu irmão, com Tic-Tac e Jack Cabeça de Abóbora. Dorothy pode formar seu próprio grupo e viajar para o País dos Winkies. Todos vocês devem perguntar por Ozma em todos os lugares e tentar descobrir onde ela está *escondida*.

Eles acharam esse plano muito sábio e o aceitaram sem mais perguntas. Na falta de Ozma, Glinda, a Boa, era a pessoa mais importante de Oz e todos estavam contentes em obedecer a suas instruções.

O GRUPO DE BUSCA

Na manhã seguinte, assim que o sol nasceu, Glinda voltou voando para seu castelo, parando no caminho para dar as instruções para o Espantalho e o Homem de Lata, que naquele momento estavam na faculdade do Muitíssimo Ampliado Besourão, I. I.[1], e faziam um curso sobre suas Pílulas de Educação Patenteadas. Ao ficarem sabendo do desaparecimento de Ozma, foram imediatamente para o País dos Quadlings procurar por ela.

Assim que Glinda saiu da Cidade das Esmeraldas, Tic-Tac, o Homem-Farrapo e Jack Cabeça de Abóbora, que estavam presentes da reunião, começaram sua jornada rumo ao País dos Gillikins, e uma hora depois, Ojo e Unc Nunkie se juntaram ao doutor Pipt e viajaram juntos em direção ao País dos Munchkins. Quando todos eles foram embora, Dorothy e o Mágico começaram suas preparações.

O Mágico prendeu a carruagem vermelha, onde quatro pessoas caberiam confortavelmente, no Cavalete. Ele queria que Dorothy, Betsy, Trot e a Menina de Retalhos fossem na carroça, mas Aparas chegou lá montada no Woozy, e ele disse que gostaria de se juntar ao grupo. Esse Woozy era um animal bastante peculiar, pois tinha a cabeça, o corpo, as pernas e o

---

[1] O acrônimo I.I. significa Inteiramente Instruído. (N.T.)

rabo todos quadrados. Sua pele era muito dura e espessa, bem parecida com couro, e apesar de seus movimentos serem desengonçados, o animal se movia com uma rapidez excepcional. Seus olhos quadrados pareciam tranquilos e gentis e ele não era tolo. O Woozy e a Menina de Retalhos eram grandes amigos, por isso o Mágico concordou em deixar que a criatura fosse com eles.

Outro animal grandioso apareceu nesse momento e pediu para ir com eles. Não era ninguém menos que o famoso Leão Covarde, uma das criaturas mais interessantes de toda a Oz. Nenhum leão que andava pelas florestas ou planícies podia ser comparado em inteligência ou tamanho ao Leão Covarde, que, assim como todos os animais que viviam em Oz, podia falar e se expressava com mais pompa e sabedoria que muitas pessoas. Ele dizia que era covarde porque sempre tremia quando enfrentava perigos, mas enfrentou perigos repetidas vezes e nunca se recusou a lutar quando necessário. Esse Leão era um grande favorito de Ozma e sempre protegia seu trono. Ele também era um velho companheiro e amigo da princesa Dorothy, por isso a garota estava muito feliz por vê-lo se juntar ao grupo.

– Estou tão nervoso a respeito da nossa querida Ozma – disse o Leão Covarde com sua voz grave e retumbante –, que ficaria muito triste de ficar para trás enquanto vocês tentam encontrá-la. Mas não se aproximem de perigo algum, eu imploro, porque perigos me amedrontam imensamente.

– Não nos aproximaremos de perigos se pudermos evitar – prometeu Dorothy –, mas faremos qualquer coisa para encontrar Ozma, com ou sem perigo.

A chegada do Woozy e do Leão Covarde ao grupo deu uma ideia a Betsy Bobbin, que correu para os estábulos de mármore nos fundos do palácio e trouxe seu burro, chamada Hank. Talvez nunca tenham visto um burro tão magro e ossudo e com uma aparência tão completamente comum como esse Hank, mas Betsy a amava muito, porque era fiel e firme, e nem de perto tão estúpida quanto se considera que os burros sejam. Betsy trouxe uma sela para Hank e declarou que iria montada nele, um arranjo aprovado pelo Mágico, pois deixava apenas quatro pessoas do grupo para irem sentadas na carruagem vermelha: Dorothy, Botão-Brilhante, Trot e ele mesmo.

Um velho marinheiro, que tinha uma perna de pau, veio se despedir deles e sugeriu que levassem um estoque de comida e cobertores na carruagem vermelha, já que não sabiam quanto tempo ficariam longe. Esse marinheiro se chamava Capitão Bill. Ele era um amigo e companheiro de Trot e enfrentou várias aventuras ao lado da garotinha. Acho que estava triste por não poder ir com ela nessa viagem, mas Glinda pedira a ele que ficasse na Cidade das Esmeraldas e cuidasse do palácio real enquanto todos os outros estivessem longe, e o marinheiro de uma perna só tinha concordado em fazê-lo.

Eles colocaram tudo o que acharam que poderiam precisar na parte traseira da carruagem vermelha, formaram uma procissão e marcharam a partir do palácio por toda a Cidade das Esmeraldas, passando pelos grandes portões da muralha que cercava a bela capital da Terra de Oz. Multidões de cidadãos se espalhavam pelas ruas para vê-los passar, torcer por eles e desejar sucesso, pois estavam todos muito tristes pela perda de Ozma e ansiosos para que ela fosse logo encontrada.

O primeiro da fila era o Leão Covarde, seguido pela Menina de Retalhos montada no Woozy. Depois deles vinha Betsy Bobbin em seu burro Hank e finalmente Cavalete puxando a carruagem vermelha, onde estavam sentados o Mágico, Dorothy, Botão-Brilhante e Trot. Ninguém precisava guiar o Cavalete, então ele não tinha rédeas. Só precisava dizer para onde ir, se rápido ou devagar, e ele entendia perfeitamente.

Foi nesse momento que um cachorrinho preto peludo que estava dormindo no quarto de Dorothy no palácio acordou e descobriu estar sozinho. Tudo parecia muito quieto e Totó (esse era o nome do cachorrinho) sentiu falta da conversa costumeira das três garotas. Ele nunca prestava muita atenção ao que estava acontecendo ao seu redor e, apesar de poder falar, raramente dizia alguma coisa. Assim, o cachorrinho não sabia sobre o desaparecimento de Ozma nem que todos tinham saído para procurá-la. Mas ele gostava de estar com as pessoas, especialmente com sua dona Dorothy, e depois de bocejar e se espreguiçar, descobriu que a porta do quarto estava entreaberta e saiu pelo corredor, descendo os degraus de mármore grandiosos até o saguão do palácio, onde encontrou Jellia Jamb.

– Cadê a Dorothy? – perguntou.

– Ela foi para o País dos Winkies – respondeu a camareira.

– Quando?

– Tem um tempinho – respondeu ela.

Totó se virou e correu através do jardim do palácio até chegar às ruas da Cidade das Esmeraldas. Aqui ele parou para escutar e, ouvindo os sons das comemorações, correu rapidamente até enxergar a carruagem vermelha, Woozy, o Leão, o burro e todos os outros. Sendo um cachorrinho esperto, ele decidiu não deixar Dorothy vê-lo naquele momento, para que não fosse mandado de volta. Mas nunca perdeu o grupo de viajantes de vista, todos tão ansiosos para ir em frente que nunca pensaram em olhar para trás.

Quando chegaram aos portões na muralha da cidade, o Protetor dos Portões surgiu para abrir os portões dourados e deixá-los passar.

–Alguma pessoa estranha entrou ou saiu da cidade na noite de antes de ontem, quando Ozma foi levada? – perguntou Dorothy,

– Não, de maneira alguma, princesa – respondeu o Protetor.

– Mas é claro que não – disse o Mágico. – Qualquer pessoa esperta o suficiente para roubar todas as coisas que perdemos não se importaria com o obstáculo de uma muralha como essa, nem um pouco. Acho que o ladrão deve ter vindo voando, pois caso contrário não teria conseguido roubar do palácio real de Ozma e do castelo distante de Glinda na mesma noite. Além disso, como não existem dirigíveis em Oz nem como dirigíveis do mundo exterior chegarem aqui, acredito que o ladrão deve ter voado de um lugar para o outro com artes mágicas que Glinda e eu não entendemos.

E assim prosseguiram, e antes que os portões se fechassem, Totó conseguiu se esgueirar por eles. O território em volta da Cidade das Esmeraldas era muito habitado e por um tempo nossos amigos viajaram tranquilamente por ruas asfaltadas que serpenteavam por um território fértil pontilhado de lindas casas, todas construídas daquele jeito peculiar de Oz. Entretanto, após algumas horas, eles saíram dos campos cultivados e entraram no País dos Winkies, que ocupava um quarto de todo o território da Terra de Oz, mas não era tão conhecido quanto outras partes da terra de fadas de Ozma. Muito antes de a noite chegar, os viajantes já tinham cruzado o Rio Winkie perto da Torre do Espantalho (que agora estava vazia) e entrado na Terra Ondulada onde poucas pessoas viviam. Eles perguntaram a todos que encontraram se tinham notícias de Ozma, mas ninguém nesse distrito a tinha visto ou nem sequer sabia que fora roubada. E quando a noite chegou, eles tinham passado por todas as fazendas e foram obrigados a parar e pedir abrigo na cabana de um pastor solitário. Quando pararam, Totó não estava muito longe. O cachorrinho parou também e, andando sorrateiramente em volta do grupo, escondeu-se atrás da cabana.

O pastor era um velho gentil e tratou os viajantes com muita cortesia. Ele dormiu do lado de fora aquela noite, deixando sua cabana para as três garotas, que arrumaram suas camas no chão com os cobertores que tinham trazido na carruagem vermelha. O Mágico e Botão-Brilhante também dormiram do lado de fora, assim como o Leão Covarde e Hank, o burro. Mas Aparas e Cavalete não dormiram e Woozy podia ficar acordado por um mês inteiro, se quisesse, então esses três se sentaram em um grupinho e conversaram a noite toda.

No escuro, o Leão Covarde sentiu uma forma peluda e pequenina se aninhando ao seu lado e disse sonolento:

– De onde veio, Totó?

– De casa – respondeu o cachorro. – Se for rolar, role para o outro lado para não me esmagar.

– Dorothy sabe que está aqui? – perguntou o Leão.

– Acho que não – admitiu Totó e acrescentou, um pouco ansioso. – Amigo Leão, você acha que já estamos longe o bastante da Cidade das Esmeraldas para que eu apareça? Ou acha que Dorothy me mandará de volta porque não fui convidado?

– Apenas Dorothy pode responder essa pergunta – disse o Leão. – Quanto a mim, Totó, considero que esse assunto não é da minha conta, então deve fazer o que achar melhor.

O animal enorme então voltou a dormir e Totó chegou mais perto de seu corpo peludo e quente e também dormiu. Ele era um cachorrinho esperto e não pretendia se preocupar quando havia algo muito melhor para fazer.

De manhã, o Mágico fez uma fogueira onde as garotas prepararam um café da manhã muito bom.

De repente, Dorothy descobriu Totó sentado quieto diante do fogo e exclamou:

– Céus, Totó! De onde *você* veio?

– Do lugar onde me abandonou tão cruelmente – respondeu o cachorro com um tom repreensivo.

– Esqueci completamente de você – admitiu Dorothy –, e se não tivesse esquecido, provavelmente o teria deixado com Jellia Jamb, já que essa não é uma viagem a lazer, mas sim de negócios. Mas, já que está aqui, Totó, suponho que terá de ficar conosco, a não ser que queira voltar para casa. Podemos enfrentar problemas até terminarmos nossa missão, Totó.

– Não se preocupe com isso – disse Totó, balançando o rabo. – Estou com fome, Dorothy.

– O café estará pronto em um instante e lhe darei sua parte – prometeu sua pequena dona, que estava muito contente em ter seu cachorro consigo. Ambos já tinham viajado juntos antes e ela sabia que ele era um companheiro bom e fiel.

Quando a comida ficou pronta e foi servida, as garotas convidaram o velho pastor para se juntar a elas em sua refeição matinal. Ele consentiu de boa vontade e disse enquanto comiam:

– Vocês em breve passarão por um território perigoso, a não ser que virem para o Norte ou para o Sul para escapar de seus perigos.

– Nesse caso – disse o Leão Covarde –, vamos logo nos virar porque morro de medo de enfrentar qualquer tipo de perigo.

– Qual o problema com o território a nossa frente? – indagou Dorothy.

– Além dessa Terra Ondulada – explicou o pastor – estão as Montanhas de Carrossel, muito perto umas das outras e cercadas por abismos profundos, de forma que não tem como atravessá-las. Dizem que além das Montanhas de Carrossel vivem os comedores de cardo e os herkus.

– Como eles são? – perguntou Dorothy.

– Ninguém sabe, já que ninguém jamais atravessou as Montanhas de Carrossel – foi a resposta. – Mas dizem que os comedores de cardo prendem dragões em suas carruagens e que os herkus são servidos por gigantes que conquistaram e transformaram em escravos.

– Quem diz todas essas coisas? – questionou Betsy.

– É de conhecimento geral – afirmou o pastor. – Todos acreditam nisso.

– Não sei como sabem – observou a pequenina Trot –, já que ninguém foi até lá.

– Talvez os pássaros que sobrevoam o território tenham trazido essas notícias – sugeriu Betsy.

– Se escaparem desses perigos – prosseguiu o pastor –, podem encontrar outros, ainda mais sérios, antes de chegar ao próximo braço do Rio Winkie. É verdade que além do rio existe um ótimo território, povoado por pessoas boas, e se chegarem até lá não terão mais problemas. Todos os perigos estão entre esse lugar e o braço oeste do Rio Winkie, pois é o território habitado por pessoas terríveis e sem lei.

– Pode ser ou pode não ser – disse o Mágico. – Saberemos quando chegarmos lá.

– Bem – persistiu o pastor –, em um país das fadas como o nosso, cada lugar desconhecido pode esconder criaturas malignas. Se não fossem malignas, elas mesmas se descobririam e viriam viver conosco e se submeter ao governo de Ozma, sendo boas e solícitas, como todas as pessoas de Oz que conhecemos.

– Esse argumento me convence de que é nosso dever ir diretamente a esses lugares desconhecidos – disse o pequeno Mágico –, por mais perigosos que sejam. Pois certamente foi uma pessoa maligna e cruel que roubou nossa Ozma, e sabemos que seria uma tolice procurar o culpado entre boas pessoas. Ozma pode não estar escondida nos lugares secretos do País dos Winkies, é verdade, mas é nosso dever viajar a todos os lugares, onde nossa amada governante pode estar aprisionada, não importa o perigo.

– Você tem razão – disse Botão-Brilhante, com aprovação. – Os perigos não nos machucam. Apenas as coisas que acontecem machucam as pessoas. E um perigo é algo que pode ou não acontecer, e às vezes não leva a coisa alguma. Eu voto em irmos em frente e nos arriscarmos.

Todos tinham a mesma opinião, então juntaram suas coisas e se despediram do pastor amigável e prosseguiram em seu caminho.

AS MONTANHAS DE CARROSSEL

    Não foi difícil atravessar a Terra Ondulada, apesar de ser ladeira abaixo e ladeira acima, então eles avançaram bem por um tempo. Não encontraram um só pastor agora e quanto mais seguiam em frente, mais sombria ficava a paisagem. Ao meio-dia, eles pararam para fazer um "almoço piquenique", como chamou Betsy, e continuaram em sua jornada. Todos os animais eram rápidos e incansáveis, e até mesmo o Leão Covarde e o burro descobriram que conseguiam acompanhar o ritmo do Woozy e do Cavalete.

    Era o meio da tarde quando eles viram sinal de um agrupamento de montanhas baixas. Elas eram cônicas, crescendo de bases amplas para picos afiados. A distância, as montanhas pareciam ser indistintas e bastante pequenas, mais parecidas com colinas do que com montanhas, mas à medida que os viajantes se aproximaram, eles perceberam algo bastante incomum: todas as colinas estavam rodopiando, algumas em uma direção e outras na direção contrária.

    – Essas devem ser mesmo as Montanhas de Carrossel – disse Dorothy.

    – Certamente – disse o Mágico.

    – Elas realmente giram, mas não parecem ser muito divertidas – acrescentou Trot.

Havia várias fileiras dessas montanhas, estendendo-se tanto à direita quanto à esquerda, por quilômetros e quilômetros. Quantas fileiras eram, ninguém conseguia dizer, mas entre a primeira fileira de picos eles podiam ver outros picos, todos rodopiando continuamente de um jeito ou de outro. Ao se aproximarem, nossos amigos observaram com atenção essas colinas, até finalmente, chegando bem perto, eles perceberem que havia um abismo profundo mas estreito em volta da beira de cada montanha, e que as montanhas estavam tão grudadas que o abismo externo era contínuo e impedia que avançassem.

Todos eles desmontaram na beirada do penhasco e observaram sua profundeza. Não havia como dizer onde era o fundo ou mesmo se havia um. De onde estavam, parecia que as montanhas tinham sido colocadas em um grande buraco no chão, bem perto mas sem se tocarem, e que cada montanha era suportada por uma coluna rochosa abaixo de sua base que se estendia até lá embaixo, no fosso escuro. De onde estavam, parecia impossível atravessar o abismo ou, caso atravessassem, conseguir subir em qualquer uma das montanhas rodopiantes.

– Essa vala é larga demais para pularmos – observou Botão-Brilhante.

– Talvez o Leão conseguisse – sugeriu Dorothy.

– O quê, pular daqui para aquela montanha rodopiante?! – gritou o Leão indignado. – Devo dizer que não! Mesmo que conseguisse cair ali, e conseguisse me segurar, que bem faria? Tem outra montanha giratória atrás dela e talvez mais uma além da outra. Não acredito que qualquer criatura viva consiga pular de uma montanha para outra quando as duas estão rodopiando como peões em direções opostas.

– Proponho que voltemos – disse o Cavalete de madeira, com um bocejo de sua boca entalhada, enquanto encarava as Montanhas de Carrossel com seus olhos de nó.

– Concordo com você – disse Woozy, sacudindo a cabeça quadrada.

– Deveríamos ter seguido o conselho do pastor – acrescentou Hank, o burro.

Os outros membros do grupo, por mais que pudessem estar intrigados pelo sério problema confrontado por eles, não se permitiriam entrar em desespero.

– Uma vez que passemos por essas montanhas – disse Botão-Brilhante –, provavelmente nos sairemos bem.

– Isso é verdade – concordou Dorothy. – Então naturalmente precisamos dar um jeito de passar por essas colinas giradoras. Mas como?

– Queria que o Ork estivesse conosco – suspirou Trot.

– Mas o Ork não está aqui – disse o Mágico –, e devemos depender de nós mesmos para conquistar essa dificuldade. Infelizmente, toda a minha mágica foi roubada. Caso contrário, estou certo de que poderia facilmente passar pelas montanhas.

– Infelizmente, nenhum de nós tem asas – observou Woozy. – E estamos em um país mágico sem nenhuma magia.

– O que é isso em sua cintura, Dorothy? – indagou o Mágico.

– Isso? Ah, é só o cinto mágico que capturei do Rei Nomo uma vez – respondeu ela.

– Um cinto mágico! Ora, isso é excelente. Tenho certeza de que um cinto mágico pode levá-la além dessas colinas.

– Poderia, se eu soubesse como ele funciona – disse a garotinha. – Ozma sabe um bocado sobre a magia dele, mas eu nunca descobri. Só o que sei é que nada pode me machucar enquanto estiver usando-o.

– Tente desejar atravessar e veja se lhe obedece – sugeriu o Mágico.

– Mas que bem faria isso? – perguntou Dorothy. – Se eu atravessasse, não ajudaria o restante de vocês e eu não poderia ir sozinha para o meio de todos esses dragões e gigantes, enquanto vocês estivessem aqui.

– Isso é verdade – concordou o Mágico com tristeza. E então, depois de olhar para o grupo, perguntou: – O que é isso no seu dedo, Trot?

– Um anel. As sereias o deram para mim – explicou ela –, e se eu um dia surgir um perigo quando estiver na água, posso chamar as sereias e elas virão me ajudar. Mas elas não podem me ajudar em terra, sabe, porque elas nadam e... e... não têm pernas.

– Isso é verdade – repetiu o Mágico, mais triste ainda.

Havia uma árvore com a copa bastante ampla perto da beirada do penhasco, e como o sol estava quente acima deles, todos se juntaram sob a sombra dela para estudar o que fazer em seguida.

– Se tivéssemos uma corda bem comprida – disse Betsy –, poderíamos amarrá-la nessa árvore, deixar a outra ponta cair no abismo e todos deslizarmos por ela.

– E depois o quê? – perguntou o Mágico.

– Depois, se conseguíssemos jogar a corda para cima do outro lado – explicou a menina –, poderíamos todos subir e chegar ao outro lado do abismo.

– Existem muitos "se" nessa ideia – observou o pequeno Mágico. – E você deve se lembrar de que não há nada além de montanhas giratórias do outro lado, então não teríamos como amarrar uma corda nelas, mesmo se tivéssemos uma.

– Mas a ideia da corda não é tão ruim assim – disse a Menina de Retalhos, que estivera dançando perigosamente perto da beirada do abismo.

– Como assim? – perguntou Dorothy.

A Menina de Retalhos subitamente ficou parada e olhou para todos do grupo.

– Ah, já sei! – exclamou ela. – Alguém tire a sela do Cavalete, meus dedos são muito desajeitados.

– Devemos mesmo fazer isso? – perguntou Botão-Brilhante desconfiado, olhando para os outros.

– Bem, Aparas tem um cérebro muito bom, mesmo que seja recheada de algodão – afirmou o Mágico. – Se seu cérebro pode nos ajudar a sair desse problema, devemos usá-lo.

Ele começou a tirar a sela do Cavalete com a ajuda de Botão-Brilhante e Dorothy. Quando tiraram tudo, a Menina de Retalhos disse a eles para desmontarem-na e juntar as tiras, uma na ponta da outra.

E, após terminarem, perceberam que tinham uma tira bem comprida que era mais forte que qualquer corda.

– Ela facilmente chegaria do outro lado do abismo – disse o Leão, que estava sentado com os outros animais e observava o processo. – Mas não vejo como ela poderia ser amarrada em uma dessas montanhas estonteantes.

A cabeça larga de Aparas não pensava dessa forma. Ela disse a eles que amarrassem uma das pontas da tira em um dos galhos grossos da árvore, apontando para um que chegava bem na beira do abismo. Botão-Brilhante fez isso, subindo na árvore e depois rastejando pelo galho até que estivesse quase acima do abismo. Ali ele conseguiu amarrar a tira, que chegava até o chão, e depois escorregou por ela e foi pego pelo Mágico, que teve receio de que ele caísse no abismo.

Aparas estava felicíssima. Ela pegou a ponta inferior da tira e, dizendo a todos que saíssem do seu caminho, voltou até onde a tira permitia e subitamente correu na direção do penhasco. Ela balançou sobre a beira, segurando-se na tira até que tivesse ido até onde seu comprimento permitia, quando ela soltou e flutuou graciosamente pelo ar até cair sobre a montanha bem na frente deles.

Quase instantaneamente, enquanto o enorme cone continuava a rodopiar, ela foi jogada para a próxima montanha no fundo, e essa só tinha se virado pela metade quando Aparas foi jogada para a outra montanha atrás dessa. Então, seu corpo de retalhos desapareceu completamente de vista, e os observadores admirados sob a árvore se perguntavam o que acontecera com ela.

– Ela se foi e não consegue voltar – disse Woozy.

– Nossa, como ela quicou de uma montanha para a outra! – exclamou o Leão.

– Isso aconteceu por elas girarem muito depressa – explicou o Mágico. – Aparas não tinha onde se segurar e por isso naturalmente foi jogada de uma colina para a outra. Receio que jamais veremos nossa pobre Menina de Retalhos.

– *Eu* a verei – declarou Woozy. – Aparas é uma velha amiga minha e, se realmente houver comedores de cardos e gigantes do outro lado desses piões, ela precisará de alguém para protegê-la. Então, aqui vou eu!

Ele agarrou a tira pendurada firmemente com sua boca quadrada e se balançou pelo abismo do mesmo jeito que Aparas fizera. Ele soltou a tira no momento exato e caiu em cima da primeira montanha rodopiante.

Ele então saltou para a próxima atrás dela, sem cair de pé, mas "todo troncho", como disse Trot. E depois foi lançado para outra montanha, desaparecendo de vista do mesmo jeito que a Menina de Retalhos.

– Parece funcionar bem – observou Botão-Brilhante. – Acho que vou tentar.

– Espere um momento – clamou o Mágico. – Antes de mais algum de nós fazer esse salto desesperado para o além, devemos decidir se vamos todos ou se alguns de nós ficarão para trás.

– Você acha que eles se machucaram muito batendo nessas montanhas? – perguntou Trot.

– Não acho que coisa alguma machuque Aparas ou o Woozy – disse Dorothy –, e nada pode *me* machucar, porque estou usando o cinto mágico. Assim, como estou ansiosa para encontrar Ozma, também pretendo me balançar até o outro lado.

– Eu vou me arriscar – decidiu Botão-Brilhante.

– Estou certo de que doerá horrores e estou com medo – disse o Leão, que já estava tremendo. – Mas devo ir se Dorothy for.

– Bem, então restam Betsy, o burro e Trot – disse o Mágico –, pois eu certamente devo ir também, para poder cuidar de Dorothy. Vocês duas acham que conseguem voltar para casa? – perguntou ele, dirigindo-se a Trot e Betsy.

– Não tenho medo; não muito, quer dizer – disse Trot. – Eu sei que parece ser arriscado, mas estou certa de que consigo suportar se os outros conseguem.

– Se eu não precisasse abandonar o Hank... – começou Betsy com uma voz hesitante, mas o burro interrompeu-a, dizendo:

– Pode ir, se quiser, e eu vou logo depois. Um burro é tão corajoso quanto um leão, em qualquer circunstância.

– Mais corajoso – disse o Leão –, já que eu sou um covarde, meu amigo Hank, e você não é. Mas naturalmente o Cavalete...

– Ah, nada nunca *me* machuca – afirmou Cavalete, calmamente. – Nunca houve dúvida quanto à *minha* ida. Mas não consigo levar a carruagem vermelha.

– Não, devemos deixá-la aqui – disse o Mágico. – E também devemos deixar nossa comida e nossos cobertores, receio. Mas se podemos desafiar essas Montanhas de Carrossel a nos pararem, não nos importaremos com o sacrifício de alguns de nossos confortos.

– Ninguém sabe onde cairemos! – observou o Leão, com uma voz de quem parecia prestes a chorar.

– Podemos não cair em lugar algum – respondeu Hank –, mas o melhor jeito de descobrir o que acontecerá conosco é nos balançarmos da mesma forma que Aparas e Woozy.

– Acho que vou por último – disse o Mágico. – Quem irá primeiro?

– Eu vou – decidiu Dorothy.

– Não, é minha vez primeiro – disse Botão-Brilhante. – Olhem só!

No momento em que falava, o garoto segurou a tira e depois de uma corrida se balançou por cima do abismo. E lá foi ele, batendo de uma colina na outra, até que desapareceu. Eles ouviram atentamente, mas o garoto não deu um só grito até ter desaparecido por uns instantes, quando ouviram um "Olá!" bem baixo, como se viesse de uma distância enorme.

O som os encorajou, entretanto, e Dorothy pegou Totó e o segurou bem apertado debaixo de um braço, enquanto pegava a tira com a outra mão e seguia Botão-Brilhante corajosamente.

Quando atingiu a primeira montanha, ela caiu suavemente, mas antes que tivesse tempo de pensar, voou pelos ares e caiu na próxima montanha com uma dor no lado do corpo. Ela voou mais uma vez e caiu; e mais uma vez e outra ainda, até que depois de cinco quedas sucessivas caiu estatelada num campo verde. E estava tão aturdida e impressionada com sua jornada cheia de trancos pelas Montanhas de Carrossel que ficou quieta por um tempo, para juntar seus pensamentos. Totó escapou de seus braços assim que ela caiu e agora se sentava ao seu lado, empolgado e ofegante.

Dorothy então percebeu que alguém a ajudava a ficar de pé, e ali estavam Botão-Brilhante de um lado e Aparas do outro, ambos parecendo não estar machucados. O próximo objeto em que seus olhos pousaram foi o Woozy, agachado com seu corpo quadrado e olhando-a, reflexivo, enquanto Totó latia alegremente ao perceber que a dona não estava machucada depois da viagem rodopiante.

– Ótimo! – disse o Woozy. – Aqui temos mais uma e um cachorro, os dois sãos e salvos. Mas, céus, Dorothy, você voou um bocado! Se pudesse ter se visto, ficaria completamente chocada.

– Dizem que o tempo voa – riu Botão-Brilhante–, mas o tempo nunca fez uma jornada mais rápida que essa.

Nesse momento, quando Dorothy se virava para olhar as montanhas giratórias, ela pôde ver a pequenina Trot vir voando da colina mais próxima e cair na grama macia a um metro de onde estavam. Trot estava tão tonta que não conseguiu ficar de pé no começo, mas não se machucou nem um pouco. Logo depois Betsy veio voando até eles e teria trombado com os outros, se eles não tivessem se movido a tempo de evitá-la.

Então, em uma sucessão rápida, vieram o Leão, Hank e Cavalete, pulando de montanha em montanha e caindo com segurança no relvado.

Só faltava agora o Mágico, e eles esperaram tanto por ele que Dorothy começou a se preocupar. Mas ele repentinamente veio voando da montanha mais próxima e caiu de pernas para cima ao lado deles.

Eles viram então que ele amarrara dois dos cobertores em volta de seu corpo, para garantir que as quedas nas montanhas não o machucassem e que os tinha amarrado com algumas das tiras que sobraram da sela do Cavalete.

A CIDADE MISTERIOSA

Ficaram todos sentados ali na grama, ainda bastante atordoados por causa de seus voos estonteantes e olhavam de um para o outro em uma confusão silenciosa. Mas em pouco tempo, quando garantiram que ninguém tinha se machucado, ficaram mais calmos e tranquilos e o Leão disse com um suspiro de alívio:

– Quem imaginaria que essas Montanhas de Carrossel eram feitas de borracha?

– São mesmo de borracha? – perguntou Trot.

– Devem ser – respondeu o Leão –, pois caso contrário não teríamos quicado tão rapidamente de uma para outra sem nos machucarmos.

– Tudo isso são suposições – declarou o Mágico, desenrolando as cobertas do seu corpo –, pois nenhum de nós ficou tempo o suficiente nas montanhas para descobrir do que eram feitas. Mas onde estamos?

– Também só podemos supor – disse Aparas. – O pastor disse que os comedores de cardo vivem desse lado das montanhas e que são servidos por gigantes.

– Oh, não – disse Dorothy. – São os herkus que têm escravos gigantes e os comedores de cardo usam dragões para puxar suas charretes.

– Como poderiam fazer isso? – perguntou o Woozy. – Dragões têm caudas longas, que ficariam no caminho das rodas das charretes.

– E se os herkus conquistaram os gigantes – disse Trot –, eles devem ter pelo menos o dobro do tamanho. Talvez os herkus sejam o maior povo do mundo!

– Talvez sejam – assentiu o Mágico, com um tom pensativo. – E talvez o pastor não saiba do que está falando. Viajemos para o Oeste para descobrirmos por nós mesmos como são as pessoas desse lugar.

Parecia um lugar bastante agradável, e era bastante silencioso e pacífico quando viraram de costas para as montanhas que rodopiavam em silêncio. Havia algumas árvores e arbustos espalhados, e por toda a grama espessa viam-se flores com cores vivas. Mais ou menos a um quilômetro e meio de distância, havia uma colina baixa que escondia deles todo o restante do território, assim perceberam que não podiam saber muito do lugar até que cruzassem a colina.

Como a carruagem vermelha tinha ficado para trás, agora precisavam fazer novos arranjos para o transporte. O Leão disse a Dorothy que ela podia ir montada nele, como já fizera antes, e o Woozy avisou que conseguia facilmente carregar Trot e a Menina de Retalhos. Betsy ainda tinha seu burro, Hank, e Botão-Brilhante e o Mágico podiam ir montados juntos nas costas longas e estreitas do Cavalete, mas tomaram o cuidado de acolchoar o assento com os cobertores antes de se sentarem. Tudo resolvido, os aventureiros partiram para a colina, que foi alcançada depois de uma breve jornada.

Ao chegarem ao topo e olharem além da colina, eles perceberam que não muito distante dali havia uma cidade murada pelas torres e pináculos, com bandeiras alegres flamulando. Na verdade, não era uma cidade muito grande, mas tinha muralhas muito altas e muito espessas, e parecia que as pessoas que ali moravam temiam o ataque de um inimigo muito poderoso, caso contrário não teriam cercado suas moradias com uma barreira tão imponente.

Não havia um caminho ligando as montanhas à cidade, e isso provou que as pessoas raramente, ou nunca, visitavam as colinas giratórias; mas nossos amigos perceberam que a grama era macia e agradável para viajar, e com a cidade bem na frente deles, não se perderiam tão facilmente. Quando chegaram mais perto das muralhas, a brisa levou um som de música aos seus ouvidos, bem suave a princípio, mas ficando bem mais alta à medida que se aproximavam.

– Não parece ser um lugar muito terrível – observou Dorothy.

– Bem, tem uma *aparência* muito boa – disse Trot do seu assento no Woozy –, mas não podemos confiar sempre nas aparências.

– Na minha sim – disse Aparas. – Eu *aparento* ser de retalhos e realmente *sou* de retalhos, e ninguém além de uma coruja cega duvidaria de que sou a Menina de Retalhos – dizendo isso, ela deu um mortal de cima do Woozy e, caindo de pé, começou a dançar de forma extravagante.

– As corujas ficam mesmo cegas? – perguntou Trot.

– Sempre, durante o dia – disse Botão-Brilhante. – Mas Aparas pode ver de noite e de dia com seus olhos de botão. Não é esquisito?

– É estranho que ela consiga ver com os botões – respondeu Trot –, mas, deus do céu, o que aconteceu com a cidade?

– Eu já ia perguntar a mesma coisa – disse Dorothy. – Ela desapareceu!

Os animais pararam subitamente, pois a cidade tinha desaparecido, com a muralha e tudo, antes de conseguirem ter uma vista boa do lugar.

– Céus! – exclamou o Mágico. – Isso é muito desagradável. É muito irritante quase chegar a um lugar e descobrir que ele não está mais lá.

– Onde ela pode estar, então? – indagou Dorothy. – Ela certamente estava ali um minuto atrás.

– Ainda consigo ouvir a música – declarou Botão-Brilhante, e quando todos prestaram atenção, podiam claramente ouvir resquícios da música.

– Oh! Ali está a cidade, ali à esquerda – gritou Aparas, e virando-se eles viram a muralha, torres e bandeiras flamulando à esquerda deles.

– A gente deve ter se perdido – sugeriu Dorothy.

– Que besteira – disse o Leão. – Eu, e todos os outros animais, viemos trotando na direção da cidade desde que a vimos pela primeira vez.

– Então, como isso aconteceu...

– Tanto faz – interrompeu o Mágico –, não estamos mais longe dela do que estávamos antes. Ela está em uma direção diferente, só isso. Vamos então nos apressar e chegar lá antes que ela escape novamente.

Assim eles continuaram, indo diretamente para a cidade, que parecia estar a poucos quilômetros de distância; mas antes de completarem um quilômetro, ela desapareceu novamente. Eles pararam mais uma vez, um pouco desencorajados, mas em um instante os olhos de botão de Aparas encontraram a cidade de novo, só que dessa vez ela estava atrás deles, na direção de onde tinham vindo.

– Deus do céu! – clamou Dorothy. – Certamente há algo de errado com essa cidade. Você acha que ela está sobre rodas, Mágico?

– Ela pode nem ser uma cidade – respondeu ele, olhando para a cidade com um olhar especulativo.

– O que ela *poderia* ser então?

– Apenas uma ilusão.

– E o que é isso? – perguntou Trot.

– Algo que você pensa ter visto, mas que não vê de verdade.

– Não acredito nisso – disse Botão-Brilhante. – Se só tivéssemos visto, poderíamos estar enganados, mas se vimos e também ouvimos, ela deve estar lá.

– Onde? – perguntou a Menina de Retalhos.

– Em algum lugar perto de nós – insistiu ele.

– Suponho que teremos que voltar – disse o Woozy, com um suspiro.

Eles se viraram e foram na direção da cidade murada até que ela desapareceu novamente, apenas para reaparecer à direita deles. Entretanto, eles constantemente estavam se aproximando dela, então mantiveram seus olhos focados nela enquanto mudava de lugar, chegando a todos os pontos da bússola. Em pouco tempo o Leão, que estava encabeçando a procissão, parou subitamente e gritou: "Ai!".

– Qual o problema? – perguntou Dorothy.

– Ai... Ai! – repetiu o Leão e deu um salto tão repentino para trás que Dorothy quase caiu de suas costas. Ao mesmo tempo, Hank, o burro, gritou "Ai!" quase tão alto quanto o Leão gritara e também deu alguns passos para trás.

– São os cardos – disse Betsy. – Estão espetando as pernas deles.

Ao ouvir isso, todos olharam para baixo, e, de fato, o solo estava repleto de cardos, que cobriam a planície desde onde eles estavam até as muralhas da cidade misteriosa. Não conseguiam ver caminho algum para atravessá-los; onde a grama macia terminava, imediatamente começavam os cardos.

– São os cardos mais espinhentos que já senti – resmungou o Leão. – Minhas pernas ainda estão doendo das espinhadas, mesmo eu tendo pulado o mais rápido possível.

– Temos aqui uma nova dificuldade – observou o Mágico em um tom pesaroso. – A cidade parou de mudar de lugar, é verdade; mas como chegaremos lá por cima dessa massa de espinhos?

– Eles não *me* machucam – disse o Woozy de pele grossa, avançando sem medo e atropelando os cardos.

– Nem a mim – disse o Cavalete de Madeira.

– Mas o Leão e o burro não conseguem aguentar as espinhadas – afirmou Dorothy –, e não podemos deixá-los para trás.

– Devemos todos voltar? – perguntou Trot.

– É claro que não! – respondeu Botão-Brilhante com desprezo. – Sempre que há um problema, há uma solução, se conseguir encontrá-la.

– Queria que o Espantalho estivesse aqui – disse Aparas, de ponta cabeça nas costas quadradas do Woozy. – Seu cérebro esplêndido logo nos mostraria como vencer esse campo de cardos.

– Qual o problema com o *seu* cérebro? – perguntou o garoto.

– Nenhum – disse ela, dando uma cambalhota e caindo nos cardos, dançando no meio deles sem sentir seus espinhos. – Eu poderia lhe dizer em meio minuto como passar pelos cardos, se eu quisesse.

– Diga-nos, Aparas! – implorou Dorothy.

– Não quero cansar demais meu cérebro com todo esse trabalho – respondeu a Menina de Retalhos.

– Você não ama Ozma? E não quer encontrá-la? – perguntou Betsy, reprovando.

– É claro que sim – disse Aparas, andando em suas mãos como uma acrobata faz no circo.

– Bem, não poderemos encontrar Ozma se não passarmos por esses cardos – declarou Dorothy.

Aparas dançou em volta deles duas ou três vezes, sem responder. E então ela disse:

– Não olhem para mim, seus tontos; olhem para os cobertores.

O rosto do Mágico se iluminou imediatamente.

– Mas é claro! – exclamou ele. – Por que não pensamos neles antes?

– Porque não têm cérebros mágicos – riu Aparas. – Os cérebros de vocês são do tipo comum que cresce dentro da cabeça, tipo ervas daninhas em um jardim. Sinto muita pena das pessoas como vocês que têm que nascer para estarem vivas.

Mas o Mágico não estava mais escutando. Ele tirou rapidamente os cobertores das costas do Cavalete e os estendeu sobre os cardos, perto da grama. O tecido grosso deixou os espinhos inofensivos, assim, o Mágico andou sobre o primeiro cobertor e estendeu o segundo mais para a frente, na direção da cidade fantasma.

– Esses cobertores são para o Leão e o burro andarem por cima – disse ele. – O Cavalete e o Woozy podem andar sobre os cardos.

Assim, o Leão e o burro andaram sobre o primeiro cobertor e ficaram sobre o segundo até o Mágico pegar o primeiro que eles atravessaram e estendê-lo diante deles. Eles então passaram para aquele e esperaram até o outro estar estendido diante deles.

– É um trabalho vagaroso – disse o Mágico –, mas vai nos levar à cidade depois de um tempo.

– A cidade está a quase um quilômetro ainda – declarou Botão-Brilhante.

– E é um trabalho danado para o Mágico – acrescentou Trot.

– Por que o Leão não pode ir montado nas costas do Woozy? – perguntou Dorothy. – O Woozy tem as costas largas e planas e é muito forte. Talvez o Leão não caia.

– Você pode tentar se quiser – disse o Woozy ao Leão. – Eu levo você à cidade rapidinho e volto para pegar o Hank.

— Eu... Eu estou com medo — disse o Leão Covarde. Ele tinha quase o dobro do tamanho do Woozy.

— Tente — pediu Dorothy.

— Para cair direto nos cardos? — perguntou o Leão, reprovando.

Mas o Woozy chegou perto dele e o grande animal subitamente pulou em suas costas e conseguiu se equilibrar ali, apesar de ser obrigado a deixar as patas tão juntas que corria o risco de cair.

O grande peso do Leão monstruoso não parecia afetar o Woozy, que disse ao seu cavaleiro: "Segure-se firme!", e correu rapidamente sobre os cardos em direção à cidade.

Os outros ficaram nos cobertores observando ansiosamente aquela visão estranha. Naturalmente, o Leão não podia "segurar-se firme" porque não havia onde se segurar, e ele balançava de um lado para o outro como se fosse cair a qualquer momento. Mesmo assim, ele conseguiu ficar na montaria até chegarem bem perto da muralha da cidade, quando ele saltou para o chão.

Logo em seguida, o Woozy voltou a toda a velocidade.

— Tem um pedacinho estreito de chão perto da muralha onde não há cardos — disse ele ao se juntar novamente aos aventureiros. — Agora, meu amigo Hank, vejamos se você consegue ir montado como o Leão foi.

— Leve os outros primeiro — propôs o burro.

Assim, o Cavalete e o Woozy fizeram duas viagens sobre os cardos até as muralhas da cidade e carregaram todas as pessoas em segurança, Dorothy levando Totó em seus braços. Os viajantes se sentaram em grupo em uma pequena colina, bem perto da muralha, olhando para os grandes blocos de pedra cinza, esperando o Woozy levar Hank até eles. O burro era bem desajeitado e suas pernas tremiam tanto que mais de uma vez acharam que ele cairia, mas no fim chegou até eles em segurança e o grupo inteiro estava reunido. Mais do que isso, eles chegaram à cidade que tinha se esquivado deles por tanto tempo e de forma tão estranha.

— Os portões devem ser do outro lado — disse o Mágico. — Vamos seguir a curvatura da muralha até encontrarmos uma abertura nela.

— Para que lado? — perguntou Dorothy.

– Vamos ter que adivinhar – respondeu ele. – Que tal irmos pela esquerda? Qualquer direção dá na mesma.

Eles se organizaram para marchar e deram a volta na muralha da cidade pela esquerda. Como eu disse, não era uma cidade muito grande, mas dar a volta nela, por fora da grande muralha, era uma caminhada considerável, como eles perceberam. Mas nossos aventureiros deram a volta, sem encontrar sinal algum de um portão ou outra abertura. Quando voltaram ao pequeno monte de onde tinham saído, desmontaram dos animais e se sentaram no gramado novamente.

– É absurdamente estranho, não é? – perguntou Botão-Brilhante.

– Deve existir *algum* jeito de as pessoas entrarem e saírem – declarou Dorothy. – Você acha que eles têm máquinas voadoras, Mágico?

– Não – respondeu ele –, pois, se fosse o caso, eles estariam voando sobre toda a Terra de Oz, e sabemos que eles não têm feito isso. Máquinas voadoras são desconhecidas aqui. Acho mais provável que as pessoas usem escadas para passar por cima da muralha.

– Seria uma subida terrível, com essa enorme muralha de pedras – disse Betsy.

– Isso é pedra, é? – gritou Aparas, que estava mais uma vez dançando loucamente por aí, já que nunca se cansava e nunca conseguia ficar muito tempo parada.

– É óbvio que é pedra – respondeu Betsy com desprezo. – Não está vendo?

– Sim – disse Aparas chegando mais perto. – Eu *vejo* a muralha, mas não consigo *senti-la*.

E então, com seus braços esticados, ela fez algo muito estranho. Ela atravessou a muralha e desapareceu.

– Minha nossa! – gritou Dorothy espantada, como todos os outros estavam.

O ALTO COCO-LORUM DE CARDIA

E então a Menina de Retalhos veio dançando para fora da muralha novamente.

– Venham! – chamou ela. – Não tem nada aqui. Não tem muralha alguma.

– Como assim? Não tem muralha? – exclamou o Mágico.

– Não, nada parecido – disse Aparas. – É tudo fingimento. Você a vê, mas não tem nada aqui. Venham para a cidade, estamos perdendo tempo.

Com isso, ela dançou para dentro da muralha novamente e desapareceu mais uma vez. Botão-Brilhante, que era bastante aventureiro, correu atrás dela e também ficou invisível para os outros. Eles seguiram com mais cuidado, esticando suas mãos para sentir a muralha e percebendo, para sua surpresa, que não sentiam nada porque não havia nada os impedindo. Eles desceram alguns degraus e se encontraram nas ruas de uma cidade linda. Atrás deles, eles viam a muralha novamente, sombria e hostil como sempre; mas agora eles sabiam que era uma ilusão, preparada para impedir estranhos de entrarem na cidade.

Mas a muralha logo foi esquecida, pois havia um monte de pessoas peculiares na frente deles, olhando aturdidas, como se estivessem se perguntando de onde eles vieram. Nossos amigos esqueceram suas boas maneiras por um tempo e responderam os olhares com interesse, pois pessoas tão surpreendentes nunca tinham sido descobertas em toda a Terra de Oz.

Suas cabeças tinham formato de diamante e os corpos, de coração. Todo o cabelo deles era um montinho na ponta de suas cabeças em formato de diamante, seus olhos eram muito grandes e seus narizes e bocas muito pequenos. Suas roupas eram justas e de cores bem vivas, com lindos bordados de desenhos peculiares com linhas de ouro ou de prata; mas em seus pés eles calçavam sandálias, sem nenhum tipo de meias. A expressão de seus rostos era bastante agradável, apesar de mostrarem surpresa quanto ao aparecimento de estranhos tão diferentes deles mesmos, e nossos amigos acharam que eles pareciam bem inofensivos.

– Peço desculpas por invadir a cidade de vocês sem sermos chamados – disse o Mágico, falando pelo grupo –, mas estamos viajando para resolver assuntos importantes e descobrimos ser necessário visitar a cidade de vocês. Podem nos dizer qual o nome da cidade, por gentileza?

Eles se olharam com incerteza, cada um deles esperando que o outro respondesse. Finalmente, um cidadão baixinho com o corpo de coração bastante largo respondeu:

– Não temos por que chamarmos nossa cidade de coisa alguma. É simplesmente onde vivemos.

– Mas como os outros chamam a cidade de vocês? – perguntou o Mágico.

– Não conhecemos ninguém além de nós mesmos – disse o homem. E então ele perguntou: – Vocês nasceram com essas formas estranhas ou algum mágico cruel transformou vocês nelas?

– Essas são nossas formas naturais – declarou o Mágico –, e as consideramos formas muito boas.

O grupo de habitantes aumentava cada vez mais com outros deles chegando. Todos estavam claramente assustados e desconfortáveis com a chegada dos estranhos.

– Vocês têm um rei? – perguntou Dorothy, sabendo que era melhor conversar com alguém que tivesse autoridade. Mas o homem sacudiu sua cabeça em formato de diamante.

– O que é um rei? – perguntou ele.

– Não há alguém que governe vocês? – indagou o Mágico.

– Não – foi a resposta. – Cada um de nós governa a si mesmo ou, pelo menos, tenta fazê-lo. Não é algo simples de ser feito, como vocês provavelmente sabem.

O Mágico pensou um pouco.

– Se vocês tiverem alguma disputa entre si – disse ele, depois de um tempo –, quem a resolve?

– O Alto Coco-Lorum – responderam em uníssono.

– E quem é esse?

– O juiz que aplica as leis – disse o homem que falara primeiro.

– Então ele é a pessoa mais importante aqui? – continuou o Mágico.

– Bem, eu não diria isso – replicou o homem, um pouco intrigado. – O Alto Coco-Lorum é um servidor público. Entretanto, ele representa as leis, que todos nós devemos seguir.

– Acho que devemos ver seu Alto Coco-Lorum e falar com ele – disse o Mágico. – Nossa missão aqui exige que consultemos alguém que esteja no topo da autoridade, e o Alto Coco-Lorum deve estar lá, independentemente do resto.

Os habitantes pareceram considerar o pedido sensato, já que concordaram balançando suas cabeças de diamante. Assim, aquele cidadão mais largo que tinha sido o porta-voz deles disse: "Sigam-me" e, virando-se, guiou o caminho por uma das ruas.

O grupo inteiro o seguiu e os nativos foram atrás deles. As moradias por onde passaram eram bem planejadas e pareciam confortáveis e convenientes. Depois de levá-los por alguns quarteirões, o guia parou na frente de uma casa que não era melhor nem pior do que as outras. A porta tinha o formato para os corpos estranhos dessas pessoas: estreita no topo, larga no meio e se afilando embaixo.

As janelas eram feitas seguindo o mesmo padrão, dando uma aparência bastante peculiar à casa. Quando o guia abriu o portão, uma caixa de música escondida nele começou a tocar e o som chamou a atenção do Alto Coco-Lorum, que apareceu em uma janela aberta e perguntou:

– O que aconteceu agora?

Mas naquele mesmo instante ele viu os estranhos e correu para abrir a porta e deixá-los entrar, todos menos os animais, que ficaram do lado de fora com a multidão de nativos que se juntara ali. Para uma cidade pequena, parecia haver um grande número de habitantes, mas eles não tentaram entrar na casa e se contentaram em ficar olhando curiosamente para os animais estranhos. Totó seguiu Dorothy.

Nossos amigos entraram em uma sala bem ampla na frente da casa, onde o Alto Coco-Lorum pediu que se sentassem.

– Espero que a missão de vocês aqui seja pacífica – disse ele, parecendo um pouco preocupado –, porque os cardistas não são bons lutadores e não têm vontade de serem conquistados.

– As pessoas daqui são chamadas de cardistas? – perguntou Dorothy.

– Sim, achei que sabiam disso. E chamamos nossa cidade de Cardia.

– Oh!

– Somos os cardistas porque comemos cardos, sabem – continuou o Alto Coco-Lorum.

– Vocês realmente comem essas coisas espinhentas? – perguntou Botão-Brilhante admirado.

– Por que não? – respondeu o outro. – As pontas afiadas dos cardos não nos machucam, porque somos forrados de ouro.

– Forrados de ouro!

– Certamente. Nossas gargantas e estômagos são forrados com ouro puro, e para nós os cardos são nutritivos e bons de comer. Na verdade, não há mais nada em nosso país que sirva de comida. Em volta de toda a cidade de Cardia crescem inúmeros cardos e só precisamos ir lá colhê-los. Se quiséssemos comer qualquer outra coisa, teríamos que plantar, cuidar e colher, e isso tudo seria muito difícil e precisaríamos trabalhar muito, o que detestamos fazer.

– Mas diga-me, por favor – disse o Mágico –, como a sua cidade pula assim, indo de um lado para o outro?

– A cidade não pula, ela é completamente imóvel – declarou o Alto Coco-Lorum. – Entretanto, devo admitir que o território ao nosso redor tem um truque de se virar de um lado para o outro; e, assim, se alguém estiver na planície olhando para o Norte, é provável que subitamente essa pessoa se veja olhando para o Oeste, ou para o Leste ou para o Sul. Mas assim que se chega ao campo de cardos, o terreno fica sólido.

– Ah, estou começando a entender – disse o Mágico, acenando com a cabeça. – Mas tenho outra pergunta: por que os cardistas não têm um rei para governá-los?

–Shh! – sussurrou o Alto Coco-Lorum, olhando ao redor inquieto para garantir que eles não estavam sendo ouvidos. – Na verdade, eu sou o rei, mas as pessoas não sabem. Eles acham que se governam sozinhos, mas o fato é que tudo acontece do meu jeito. Ninguém mais sabe coisa alguma sobre nossas leis, então eu as faço da melhor forma para mim. Se eles se opuserem, ou questionarem meus atos, eu digo a eles que é a lei e isso resolve o problema. Entretanto, se eu dissesse que sou o rei, usasse uma coroa e vivesse em um palácio real, as pessoas não gostariam de mim e poderiam me fazer mal. Como o Alto Coco-Lorum de Cardia, sou considerado uma pessoa muito agradável.

– Parece ser uma solução muito inteligente – disse o Mágico. – E agora, como você é a pessoa mais importante em Cardia, imploro que nos diga se a Ozma Real é uma prisioneira em sua cidade.

– Não – respondeu o homem com cabeça de diamante –, não temos prisioneiros. Não há estranhos aqui além de vocês e nunca ouvimos falar da Ozma Real antes.

– Ela governa toda a Oz – disse Dorothy –, assim, ela governa sua cidade e você, porque vocês estão no País dos Winkies, que é parte da Terra de Oz.

– Pode ser – respondeu o Alto Coco-Lorum –, já que não estudamos geografia e nunca perguntamos se vivemos ou não na Terra de Oz. E qualquer governante que nos governe a distância e que ninguém aqui conheça pode ficar com esse trabalho. Mas o que aconteceu com a Ozma Real de vocês?

– Alguém a roubou – disse o Mágico. – Vocês por acaso têm algum mágico talentoso entre vocês, algum que seja especialmente inteligente, sabe?

– Não, nenhum especialmente inteligente. Fazemos um pouco de mágica, é claro, mas do tipo bem comum. Não acho que algum de nós já teve a vontade de roubar governantes, com ou sem mágica.

– Então viemos até aqui para nada! – exclamou Trot, lamentando.

– Mas nós ainda vamos muito mais longe – afirmou a Menina de Retalhos, dobrando seu corpo recheado para trás até seu cabelo de lã encostar no chão e começou a andar por aí em suas mãos com os pés para cima.

O Alto Coco-Lorum observou Aparas admirado.

– Vocês podem ir mais longe, é claro – disse ele –, mas aconselho que não o façam. Os herkus vivem atrás de nós, depois dos cardos e das terras sinuosas, e não são pessoas muito boas de se conhecer, eu garanto.

– Eles são gigantes? – perguntou Betsy.

– São piores que isso – foi a resposta. – Os gigantes são seus escravos e eles são tão mais fortes que os gigantes, que os pobres escravos não se atrevem a se rebelar, por terem medo de ser despedaçados.

– Como sabe disso? – perguntou Aparas.

– Todos dizem isso – respondeu o Alto Coco-Lorum.

– Você chegou a ver os herkus? – indagou Dorothy.

– Não, mas o que todos dizem devem ser verdade; caso contrário, por que estariam dizendo?

– Disseram-nos, antes de chegarmos aqui, que vocês amarravam dragões em suas carruagens – disse a garotinha.

– O que realmente fazemos – declarou o Alto Coco-Lorum. – O que me lembra que devo entretê-los, por serem estranhos e meus convidados, levando-os em um passeio pela nossa esplêndida cidade de Cardia.

Ele apertou um botão e uma banda começou a tocar; pelo menos, eles ouviram a música de uma banda, mas não conseguiram dizer de onde vinha.

– Esse som é o comando para o meu cocheiro trazer minha carruagem de dragão – disse o Alto Coco-Lorum. – Toda vez que ordeno algo é com música, o que é uma forma muito mais agradável de se dirigir aos criados do que com palavras frias e sérias.

– Esse seu dragão morde? – perguntou Botão-Brilhante.

– Céus, não! Você acha que eu arriscaria a segurança do meu povo inocente usando um dragão mordedor para puxar minha carruagem? Tenho orgulho de dizer que meu dragão é inofensivo, a não ser que seu mecanismo de direção quebre, e ele foi fabricado na famosa fábrica de dragões da cidade de Cardia. Ele está chegando e vocês mesmos podem examiná-lo.

Eles ouviram um ronco baixo e um rangido agudo e, saindo para a frente da casa, viram um carro virando a esquina puxado por um lindo dragão cheio de joias, que movia a cabeça da direita para a esquerda, tinha olhos tão brilhantes quanto os faróis de um automóvel e soltava um rosnado enquanto se movia devagar na direção deles.

Quando ele parou diante da casa do Alto Coco-Lorum, Totó latiu alto para a besta que se espalhava, mas até mesmo a pequena Trot podia ver que o dragão não estava vivo. Suas escamas eram de ouro e cada uma delas era cravejada com joias brilhantes, e ele andava de forma tão rígida e compassada que não podia ser nada além de uma máquina. A carruagem que vinha atrás dele também era feita de ouro e joias, e quando eles entraram nela, perceberam que não havia assentos. Todos deviam ficar de pé.

O cocheiro era um pequeno homem com cabeça de diamante que estava montado no pescoço do dragão e mexia nas alavancas que o moviam.

– Essa é uma invenção maravilhosa – disse o Alto Coco-Lorum, cheio de pompa. – Todos temos muito orgulho dos nossos autodragões, muitos dos quais são usados por nossos habitantes ricos. Mexa essa carruagem, cocheiro!

O cocheiro não se moveu.

– Você esqueceu de dar o comando com música – sugeriu Dorothy.

– Ah, esqueci mesmo.

Ele apertou um botão e uma caixa de música na cabeça do dragão começou a tocar uma música. O pequeno cocheiro puxou uma alavanca e o dragão começou a se mexer, muito vagarosamente e gemendo de forma tenebrosa enquanto puxava a carruagem desajeitada atrás dele. Totó trotou entre as rodas. O Cavalete, o burro, o Leão e o Woozy a seguiam e não tiveram nenhum problema para acompanhar a máquina; na verdade, eles tiveram que ir devagar para não trombarem com ela. Quando as rodas começaram a girar, outra caixa de música escondida em algum lugar abaixo da carruagem tocou uma marcha alegre que era um extremo contraste com o movimento arrastado do estranho veículo, e Botão-Brilhante decidiu que a música que tinha ouvido quando viram a cidade pela primeira vez não era nada além de uma carruagem andando lentamente pelas ruas.

Todos os viajantes da Cidade das Esmeraldas pensaram que esse era o passeio mais desinteressante e triste que já tinham experimentado, mas o Alto Coco-Lorum parecia pensar que era grandioso. Ele apontou as diferentes construções, parques e fontes, da mesma forma que um "guia de turismo" norte-americano faz, e por serem convidados eles foram obrigados a aguentar o suplício. Mas ficaram um pouco preocupados quando o anfitrião disse que tinha ordenado que um banquete fosse preparado para eles na Câmara Municipal.

– O que vamos comer? – perguntou Botão-Brilhante com suspeita.

– Cardos – foi a resposta. – Cardos delicados e frescos, colhidos hoje mesmo.

Aparas riu, pois nunca comia, mas Dorothy disse, protestando:

– *Nós* não somos forrados de ouro, sabe.

– Como isso é triste! – exclamou o Alto Coco-Lorum e acrescentou depois, pensando melhor. – Mas podemos ferver os cardos, se preferirem.

– Receio que mesmo assim o gosto não seria bom – disse a pequena Trot. – Não tem mais nada para comer?

O Alto Coco-Lorum balançou sua cabeça de diamante.

– Nada que eu saiba – disse ele. – Mas por que comeriam qualquer outra coisa, quando temos tantos cardos? Entretanto, se não puderem comer o que comemos, não comeremos nada. Não ficaremos ofendidos e o banquete será alegre e maravilhoso do mesmo jeito.

Sabendo que seus companheiros estavam todos famintos, o Mágico disse:

– Espero que nos dispense do banquete, senhor, que será alegre o suficiente sem nós, apesar de ter sido dado em nossa honra. Pois, já que Ozma não está em sua cidade, precisamos ir embora imediatamente e procurá-la em outro lugar.

– Precisamos mesmo! – concordou Dorothy e sussurrou para Betsy e Trot: – Prefiro morrer de fome em qualquer outro lugar que não seja essa cidade e, quem sabe, talvez encontremos alguém que coma comida comum e a divida conosco.

Assim, quando o passeio terminou, apesar dos protestos do Alto Coco-Lorum, eles insistiram em continuar sua jornada.

– Vai escurecer em breve – contestou ele.

– Não nos importamos com o escuro – respondeu o Mágico.

– Algum herku errante pode pegar vocês.

– Você acha que os herkus nos machucariam? – perguntou Dorothy.

– Não saberia dizer, já que não tive o prazer de conhecê-los. Mas dizem que eles são tão fortes que se tivessem outro lugar para ficarem de pé, eles poderiam levantar o mundo.

– Todos eles juntos? – perguntou Botão-Brilhante curiosamente.

– Qualquer um deles conseguiria – disse o Alto Coco-Lorum.

– Ouviu falar de mágicos entre eles? – perguntou o Mágico, sabendo que apenas um mágico poderia ter roubado Ozma do jeito que ela foi roubada.

– Ouvi dizer que é um lugar bastante mágico – declarou o Alto Coco-Lorum –, e mágica geralmente é feita por mágicos. Mas eu nunca ouvi dizer que tenham qualquer invenção ou magia igual aos nossos autodragões maravilhosos.

Eles o agradeceram por sua cortesia e, montando em seus próprios animais, foram para o outro lado da cidade e atravessaram a Muralha da Ilusão para o território aberto.

– Fico feliz de termos nos livrado tão facilmente – disse Betsy. – Não gostei daquelas pessoas com formas estranhas.

– Nem eu – concordou Dorothy. – Parece horrível ser forrado de ouro puro e não ter nada para comer além de cardos.

– Apesar disso, eles pareciam felizes e satisfeitos – observou o pequeno Mágico –, e aqueles que estão satisfeitos não têm nada para se arrepender e nada que desejem além do que já têm.

TOTÓ PERDE ALGO

Por um tempo os viajantes perderam a direção constantemente, porque depois dos campos de cardo eles se encontraram novamente nas terras que se viravam, que os giravam de uma forma tão absurda que primeiro eles iam para um lado e depois para o outro. Mas mantendo a cidade de Cardia constantemente atrás deles, os aventureiros finalmente passaram pelas traiçoeiras terras que se viravam e chegaram a um território pedregoso onde não crescia grama alguma. Entretanto, havia vários arbustos e, apesar de já estarem quase no escuro, as garotas encontraram frutinhas amarelas deliciosas neles. E ao experimentarem uma delas, todos foram colher quantas conseguissem. As frutinhas aliviaram a fome por um tempo e, como estava escuro demais para ver qualquer coisa, eles acamparam ali mesmo.

As três garotas se deitaram em cima de um dos cobertores, uma do lado da outra, e o Mágico as cobriu com o outro cobertor, para ficarem confortáveis. Botão-Brilhante rastejou para um abrigo abaixo de alguns arbustos e já estava dormindo em menos de um minuto. O Mágico se sentou apoiado em uma grande rocha e olhou para as estrelas no céu, pensando seriamente na aventura perigosa em que tinham se metido, perguntando-se se sequer conseguiriam encontrar a amada Ozma novamente. Os animais se deitaram sozinhos em seu grupo, a uma pequena distância dos outros.

– Perdi meu rosnado! – disse Totó, que estivera quieto e solene o dia inteiro. – O que acha que aconteceu com ele?

– Se tivesse me pedido para cuidar do seu rosnado, poderia lhe dizer – observou o Leão, sonolento. – Mas, francamente, Totó, você mesmo deveria estar cuidando dele.

– Perder o rosnado é algo muito horrível – disse Totó, balançado desconsoladamente a cauda. – E se você perdesse seu rugido, Leão? Não se sentiria péssimo?

– Meu rugido é a minha parte mais feroz – respondeu o Leão. – Eu dependo dele para assustar tanto os meus inimigos que eles não queiram me enfrentar.

– Eu perdi meu zurro uma vez – disse o burro –, e não conseguia chamar Betsy para avisar que estava com fome. Isso foi antes de eu conseguir falar, sabe, pois ainda não tinha chegado à Terra de Oz, e descobri que é muito desconfortável não conseguir fazer barulho.

– Você faz barulho o suficiente agora – declarou Totó. – Mas nenhum de vocês me respondeu. Onde está meu rosnado?

– Pode procurar em *mim* – disse o Woozy. – Eu não ligo para essas coisas.

– Você ronca horrivelmente – afirmou Totó.

– Pode até ser – disse o Woozy. – Mas não se pode responsabilizar alguém pelo que faz dormindo. Gostaria que vocês me acordassem, enquanto estivesse roncando, para que eu possa ouvir como é. E então poderei julgar se é terrível ou maravilhoso.

– Eu garanto a você que não é agradável – disse o Leão, bocejando.

– Parece ser completamente desnecessário para mim – declarou Hank, o burro.

– Você devia perder esse costume – disse Cavalete. – Nunca me ouviram roncar, porque eu nunca durmo. Eu nem relincho, igual esses cavalos de carne pomposos. Queria que quem levou o rosnado do Totó tivesse levado também o zurro do burro, o rugido do Leão e o ronco do Woozy, tudo de uma só vez.

– Então você acha que meu rosnado foi roubado?

– Você nunca o perdeu antes, não é? – perguntou Cavalete.

– Só uma vez, quando fiquei com a garganta doendo por ter latido demais para a Lua.

– Sua garganta está doendo agora? – perguntou o Woozy.

– Não – respondeu o cachorro.

– Não entendo por que os cachorros latem para a Lua – disse Hank. – Eles não assustam a Lua e ela nem liga para os latidos. Então por que os cachorros fazem isso?

– Você já foi um cachorro? – perguntou Totó.

– De forma nenhuma – respondeu Hank. – Tenho orgulho de dizer que fui criado um burro, o animal mais belo de todos, e sempre continuei sendo um.

O Woozy se apoiou nas pernas traseiras para examinar Hank com bastante cuidado.

– A beleza deve ser questão de gosto – disse ele. – Não estou dizendo que sua opinião é errada, amigo Hank, ou que você seja tão vulgar a ponto de ser convencido. Mas se você admira orelhas longas e de abano, um rabo parecido com um pincel, cascos tão grandes que podiam ser de um elefante, um pescoço comprido e um corpo tão magro que se consegue contar as costelas com um dos olhos fechados, se essa é sua ideia de beleza, Hank, então um de nós dois deve estar muito enganado.

– Você é cheio de arestas – zombou o burro. – Imagino que se eu fosse quadrado como você, você me acharia adorável.

– Por fora sim, caro Hank – respondeu o Woozy. – Mas para ser realmente adorável, é necessário que seja belo por dentro e por fora.

O burro não tinha como negar essa afirmação, então soltou um grunhido indignado e rolou de forma que ficasse de costas para o Woozy. Mas o Leão, observando calmamente os dois com seus enormes olhos amarelos, disse ao cachorro:

– Meu caro Totó, nossos amigos nos deram uma lição sobre humildade. Se o Woozy e o burro realmente são criaturas belas, como parecem achar, você e eu devemos decididamente ser feios.

– Não para nós mesmos – protestou Totó, que era um cãozinho muito astuto. – Você e eu, Leão, somos belos espécimes de nossas raças. Eu sou um belo cachorro e você um belo leão. Só podemos ser devidamente julgados em ponto de comparação um com o outro. Assim, o pobre e velho Cavalete que deve decidir qual o animal mais belo entre nós. Cavalete é de madeira, então será imparcial e dirá a verdade.

– Com toda a certeza – respondeu Cavalete, balançando as orelhas, que eram pedaços de madeira presos em sua cabeça de madeira. – Todos vocês concordam em aceitar meu julgamento?

– Concordamos! – declararam eles, todos esperançosos.

– Então devo destacar o fato de que são todos criaturas de carne – disse Cavalete –, que se cansam se não dormir, que morrem de fome se não comer, e que ficam com sede se não beber. Animais assim são muito imperfeitos, e criaturas imperfeitas não podem ser belas. Agora, *eu* sou feito de madeira.

– Certamente tem uma cara de pau – disse o burro.

– Sim, e um corpo e pernas de madeira, que são rápidas e incansáveis como o vento. Ouvi Dorothy dizer que "beleza sem bondade não vale a metade", e eu definitivamente sou muito bom no que faço. Portanto, se quiserem minha honesta opinião, confesso que sou o mais belo dentre todos nós.

O burro ofegou e o Woozy riu; Totó tinha perdido seu rosnado, então só conseguia olhar cheio de desprezo para o Cavalete, que ficou imóvel em seu lugar. Mas o Leão se espreguiçou e bocejou, dizendo baixinho:

– Se fôssemos todos como Cavalete, seríamos todos Cavaletes, e seríamos criaturas demais do mesmo tipo; se fôssemos todos como Hank, seríamos um bando de burros; se fôssemos como Totó, seríamos uma matilha de cães; se tivéssemos todos o formato do Woozy, ele não seria mais impressionante por sua aparência incomum. Finalmente, se vocês todos fossem como eu, iria considerá-los tão comuns que não teria vontade de andar com vocês. Ser individual, meus amigos, ser diferente dos outros, é a única forma de se distinguir da manada comum. Assim, devemos ficar felizes por sermos diferentes uns dos outros na forma e no comportamento. Variedade é o tempero da vida e somos variados o suficiente para gostarmos da companhia uns dos outros; então, fiquemos satisfeitos.

– Há muita verdade nessa declaração – observou Totó, pensativo. – Mas e o meu rosnado desaparecido?

– O rosnado só é importante para você – respondeu o Leão –, então é problema seu se preocupar com o desaparecimento, não nosso. Se você nos ama, não nos inflija com seus problemas; fique infeliz sozinho.

– E se meu rosnado tiver sido roubado pela mesma pessoa que roubou Ozma? – disse o cãozinho. – Espero que a encontremos muito em breve para puni-la como merece. Deve ser a pessoa mais cruel do mundo, pois impedir um cachorro de rosnar quando isso faz parte de sua natureza é tão maligno, na minha opinião, quanto roubar toda a magia de Oz.

BOTÃO-BRILHANTE SE PERDE

A Menina de Retalhos, que nunca dormia e podia ver muito bem no escuro, tinha vagado entre as rochas e arbustos a noite inteira, com o resultado de que ela pôde dar boas notícias na manhã seguinte.

– Lá no topo dessa colina à nossa frente tem um arvoredo com vários tipos de árvores – disse ela –, nas quais crescem todos os tipos de frutas. Se forem lá, encontrarão um café da manhã excelente.

Isso os deixou ansiosos para irem até lá, então assim que os cobertores foram dobrados e presos nas costas do Cavalete, todos montaram nos animais e foram em direção ao arvoredo que Aparas vira.

Assim que chegaram ao topo da colina, descobriram que era um pomar imenso, espalhando-se por quilômetros à esquerda e à direita deles. Como o caminho deles levava diretamente às árvores, foram o mais depressa que conseguiram.

As primeiras árvores que viram davam marmelos, que eles não gostaram. Depois havia fileiras e fileiras de cidreiras, depois pés de maçãs silvestres e depois limoeiros. Mas depois de todas essas eles encontraram um punhado de laranjeiras com frutas enormes e douradas, suculentas e doces, e elas pesavam os galhos, o que facilitou para que as colhessem.

Eles se serviram livremente e todos comeram das laranjas enquanto prosseguiam em seu caminho. E depois, um pouco mais à frente, chegaram a algumas macieiras com lindas maçãs vermelhas, com as quais eles também se banquetearam, e o Mágico parou tempo o suficiente para colocar muitas maçãs em um cobertor.

– Não sabemos o que acontecerá conosco depois que sairmos desse pomar maravilhoso – disse ele –, então acho que é inteligente levarmos uma provisão de maçãs. Não morreremos de fome enquanto tivermos maçãs.

Aparas não estava montada no Woozy. Ela amava subir em árvores e se balançar de galho em galho. Algumas das melhores frutas foram colhidas pela Menina de Retalhos dos galhos mais altos e jogadas para os outros lá embaixo.

Subitamente, Trot perguntou: "Onde está Botão-Brilhante?" e quando os outros procuraram por ele, perceberam que o garoto tinha desaparecido.

– Céus! – gritou Dorothy. – Ele deve ter se perdido novamente, o que significa que teremos que ficar aqui até encontrá-lo.

– É um bom lugar para esperar – sugeriu Betsy, que tinha achado uma ameixeira e comia algumas das frutas.

– Como podemos esperar aqui e encontrar Botão-Brilhante ao mesmo tempo? – perguntou a Menina de Retalhos, pendurada de ponta-cabeça em um galho bem acima da cabeça das três garotas mortais.

– Talvez ele volte para cá – respondeu Dorothy.

– Se ele tentar, provavelmente vai se perder de novo – disse Trot. – Sei que já fez isso várias vezes. Por perder a direção, ele fica perdido.

– Bem verdade – disse o Mágico. – Então todos vocês devem ficar aqui enquanto eu vou procurar o garoto.

– *Você* não vai se perder também? – perguntou Betsy.

– Espero que não, minha querida.

– Deixe que *eu* vou – disse Aparas, caindo levemente no chão. – Não tenho como me perder, e tenho mais probabilidade de encontrar Botão-Brilhante do que qualquer um de vocês.

Sem esperar permissão, ela saiu correndo por entre as árvores e logo desapareceu de vista.

– Dorothy – disse Totó, agachado ao lado de sua pequena dona –, perdi meu rosnado.

– Como isso aconteceu? – perguntou ela.

– Eu não sei – respondeu Totó. – Ontem de manhã o Woozy quase pisou em mim, eu tentei rosnar para ele e percebi que não podia rosnar nem um pouquinho.

– Você consegue latir? – perguntou ela.

– Ah, sim, com certeza!

– Então esqueça o rosnado – disse ela.

– Mas o que farei quando voltar para casa com a Gata de Vidro e a Gata Rosa? – perguntou o cãozinho com a voz ansiosa.

– Tenho certeza de que não vão se importar se você não puder rosnar para elas – disse Dorothy. – Eu naturalmente sinto muito por você, Totó, pois as coisas que mais queremos fazer são aquelas que não podemos; mas você talvez encontre seu rosnado de volta antes de voltarmos.

– Você acha que a pessoa que roubou Ozma também roubou meu rosnado?

Dorothy sorriu.

– Talvez, Totó.

– Então ele é um canalha! – gritou o cachorrinho.

– Qualquer pessoa que tem a capacidade roubar Ozma é a pior que pode existir – concordou Dorothy –, e quando nos lembramos de que nossa querida amiga, a adorável Governante de Oz, está desaparecida, não devemos nos preocupar com um simples rosnado.

Totó não ficou completamente satisfeito com essa observação, pois quanto mais pensava em seu rosnado desaparecido, mais importante ficava seu infortúnio.

Quando ninguém estava olhando, ele se escondeu atrás das árvores e tentou o seu máximo para rosnar, mesmo que só um pouquinho, mas não conseguiu. Tudo o que podia fazer era latir, e um latido não pode substituir um rosnado, então ele voltou triste para perto dos outros.

Agora, a princípio, Botão-Brilhante não fazia ideia de que estava perdido. Ele simplesmente tinha vagado de uma árvore até a outra, procurando a melhor fruta, até perceber que estava sozinho no grande pomar. Mas isso não o preocupou naquele momento e vendo algumas árvores de damasco mais à frente, foi até elas; depois ele encontrou algumas cerejeiras e depois delas alguns pés de tangerina.

– Nós encontramos quase todos os tipos de frutas, menos pêssegos – disse ele para si mesmo –, então, deve ter pêssegos por aqui também, se eu conseguir encontrar as árvores.

Ele procurou de um lado para o outro, sem prestar atenção no caminho, até descobrir que as árvores ao seu redor só tinham nozes. Ele colocou algumas nozes nos bolsos e continuou procurando, até finalmente chegar a um único pessegueiro solitário no meio das nogueiras. Era uma árvore graciosa e bela, mas apesar de estar bastante frondosa, não tinha fruto algum, exceto um pêssego enorme e esplêndido, rosado e cheio de penugem, pronto para ser comido.

Foi difícil para Botão-Brilhante pegar aquele pêssego solitário, porque ele estava fora de alcance; mas ele subiu agilmente na árvore e rastejou pelo galho em que ele crescia, e depois de várias tentativas, nas quais ele correu o risco de cair, conseguiu colhê-lo. Ele então desceu e decidiu que a fruta realmente valia todo o trabalho. Ela tinha um cheiro delicioso, e quando ele a mordeu, descobriu que era a melhor coisa que já havia comido.

– Eu deveria dividi-lo com Trot, Dorothy e Betsy – disse ele –, mas talvez tenha mais um bocado em alguma outra parte do pomar.

No fundo, ele duvidava dessa afirmação, pois esse era um pessegueiro solitário, enquanto todas as outras frutas cresciam em várias árvores próximas umas das outras; mas aquela mordida luxuriante o deixou incapaz de resistir comer todo o resto, e em pouco tempo não tinha nada do pêssego, exceto o caroço.

Botão-Brilhante estava quase jogando o caroço de pêssego fora quando percebeu que ele era de ouro puro. Isso o surpreendeu, mas tantas coisas na Terra de Oz eram surpreendentes que ele não pensou muito no caroço de ouro do pêssego. Mas ele o colocou no bolso para mostrá-lo às garotas, e depois de cinco minutos já tinha o esquecido completamente.

Pois agora ele percebera que tinha se separado de seus companheiros, e sabendo que isso os preocuparia e atrasaria a jornada, começou a gritar o mais alto que conseguia. Sua voz não penetrou muito bem entre essas árvores, e depois de gritar uma dúzia de vezes e não receber resposta, ele se sentou no chão e disse:

– Bem, eu me perdi novamente. É uma pena, mas não sei como podem me ajudar.

Ao se recostar contra uma árvore, ele olhou para cima e viu um campainha-azul descer do céu e pousar em um galho bem na sua frente. O pássaro olhou bastante para ele. Primeiro, olhou com um olho brilhante e depois virou a cabeça e o olhou com o outro olho. Então, batendo as asas, ele disse:

– Opa! Então você comeu o pêssego encantado, não foi?

– Ele era encantado? – perguntou Botão-Brilhante.

– Claro que sim – respondeu o campainha-azul. – Ugu, o Sapateiro, que o fez.

– Mas por quê? E ele era encantado como? E o que vai acontecer com quem o comer?

– Pergunte a Ugu, o Sapateiro; ele sabe – disse o pássaro, ajeitando as penas com o bico.

– E quem é Ugu, o Sapateiro?

– A pessoa que encantou o pêssego e o colocou aqui, no centro exato do Grande Pomar, para que ninguém o encontrasse. Nós pássaros não nos atrevemos a comê-lo; somos sábios demais para isso. Mas você é Botão--Brilhante da Cidade das Esmeraldas e você... *você*... VOCÊ comeu o pêssego encantado! Terá que explicar a Ugu, o Sapateiro, porque fez isso.

E então, antes que o garoto pudesse perguntar mais coisas, o pássaro voou para longe e o deixou sozinho.

Botão-Brilhante não estava muito preocupado com a descoberta que o pêssego que tinha comido era encantado. Ele definitivamente tinha um gosto excelente e seu estômago não doía nem um pouco. Então ele voltou a pensar na melhor forma de se reunir com seus amigos.

– É bem provável que qualquer direção que eu escolha seja a errada – disse ele a si mesmo –, então é melhor eu ficar onde estou e deixar *que eles me encontrem*, se conseguirem.

Um coelho branco veio saltando pelo pomar e parou a uma pequena distância para olhá-lo.

– Não tenha medo – disse Botão-Brilhante. – Não vou machucá-lo.

– Ah, não estou com medo por mim – respondeu o coelho branco. – Estou preocupado com você.

– Sim, estou perdido – disse o menino.

– Receio que realmente esteja – respondeu o coelho. – Por que raios você comeu o pêssego encantado?

O menino olhou pensativamente para o animal ansioso.

– Foram dois motivos – explicou ele. – O primeiro foi que eu gosto de pêssegos e o segundo foi que eu não sabia que o pêssego era encantado.

– Isso não vai salvá-lo de Ugu, o Sapateiro – declarou o coelho branco e saiu correndo antes que o garoto pudesse fazer mais perguntas.

"Coelhos e pássaros são criaturas tímidas", pensou ele, "e parecem ter medo desse sapateiro, quem quer que ele seja. Se existisse outro pêssego que fosse metade tão gostoso quanto aquele, eu o comeria mesmo com uma dúzia de encantamentos ou com uma centena de sapateiros!"

Nesse momento, Aparas chegou dançando e o viu sentado ao pé da árvore.

– Oh, aqui está você! – disse ela. – Voltou a fazer o mesmo de sempre, é? Não sabe que é rude se perder e fazer todo mundo ficar esperando? Venha, vou levar você de volta para Dorothy e os outros.

Botão-Brilhante se levantou devagar para acompanhá-la.

– Não fiquei tão perdido assim – disse ele, alegremente. – Não foi nem metade de um dia, então não tem problema.

Dorothy, entretanto, ao vê-lo chegando, deu-lhe uma boa bronca.

– Quando estamos fazendo algo tão importante quanto procurar por Ozma – disse ela –, é muito feio da sua parte sair vagando por aí e nos impedir de continuar. Imagine se ela for uma prisioneira em uma masmorra. Você quer que nossa querida Ozma fique lá mais tempo que o necessário?

– Se ela estiver em uma masmorra, como vamos tirá-la de lá? – indagou o menino.

– Não se preocupe com isso; vamos deixar com o Mágico, já que ele certamente encontrará um jeito.

O Mágico ficou calado, pois percebeu que sem suas ferramentas mágicas ele não podia fazer nada além do que qualquer outra pessoa. Mas não ia adiantar lembrar seus amigos desse fato; poderia desencorajá-los.

– A coisa mais importante agora é encontrar Ozma – observou ele. – E como nosso grupo está reunido novamente, proponho que sigamos em frente.

Ao chegarem ao fim do grande pomar, o sol estava se pondo e eles sabiam que escureceria em breve. Assim, decidiram acampar sob as árvores, já que outra vasta planície estava diante deles. O Mágico esticou os cobertores sobre um monte de folhas macias e em pouco tempo todos eles, exceto Aparas e Cavalete, estavam dormindo. Totó se aninhou em seu amigo o Leão, e o Woozy roncava tão alto que a Menina de Retalhos cobriu sua cabeça quadrada com seu avental para abafar o som.

O TZARSOBRE DE HERKU

Trot acordou assim que o sol nasceu e, saindo debaixo do cobertor, foi até a beirada do grande pomar e olhou por sobre a planície. Algo brilhava lá longe.

– Parece ser outra cidade – disse ela, baixinho.

– E é outra cidade mesmo – declarou Aparas, que tinha se esgueirado até o lado de Trot silenciosamente, já que seus pés recheados não faziam barulho. – O Cavalete e eu fizemos uma jornada no escuro, enquanto todos vocês dormiam, e encontramos lá uma cidade ainda maior que Cardia. Tem uma muralha em volta dela também, mas tem portões e vários caminhos.

– Vocês entraram? – perguntou Trot.

– Não, porque os portões estavam trancados e a muralha era de verdade. Por isso, voltamos para cá. A cidade não fica tão longe. Podemos chegar lá em duas horas depois de vocês tomarem café da manhã.

Trot voltou e, encontrando as outras garotas acordadas, disse a elas o que Aparas contara. Assim, eles comeram algumas frutas apressadamente (havia um bocado de ameixas e goiabas-do-mato naquela parte do pomar), montaram nos animais e saíram na jornada para aquela cidade estranha. Hank, o burro, comeu grama no café da manhã e o Leão se afastou e encontrou uma comida que era do gosto dele; ele nunca contou o que era, mas Dorothy esperava que os coelhinhos e camundongos tivessem fugido dele. Ela avisou Totó para não caçar pássaros e deu uma maçã a ele, o que o deixou bastante satisfeito. O Woozy gostava tanto de fruta quanto de qualquer outra coisa, exceto mel, e o Cavalete nunca comia.

Exceto por sua preocupação com Ozma, estavam todos animados enquanto seguiam rápido pela planície. Totó ainda estava preocupado com seu rosnado desaparecido, mas sendo um cãozinho sábio, mantinha sua preocupação para si mesmo. Em pouco tempo a cidade ficou mais próxima e conseguiram examiná-la com interesse.

Por sua aparência externa, o lugar era mais imponente que Cardia e era uma cidade quadrada, com uma muralha quadrada de quatro lados ao redor, e havia um portão quadrado de cobre polido em cada um deles. Tudo a respeito da cidade parecia sólido e substancial; não havia bandeiras flamulando e as torres que se erguiam sobre a muralha da cidade pareciam não ter ornamento.

Um caminho saía do pomar e levava diretamente a um dos portões da cidade, mostrando que os habitantes gostavam mais de frutas que de cardos. Nossos amigos seguiram esse caminho até o portão, que estava bem fechado. Mas o Mágico foi à frente e bateu nele com seu punho, dizendo com uma voz alta: "Abra!"

Imediatamente surgiu acima da muralha uma fileira de cabeças imensas, todas olhando para baixo para saber quem eram os intrusos. O tamanho dessas cabeças era assombroso, e nossos amigos imediatamente perceberam que elas pertenciam a gigantes, que estavam de pé dentro da cidade. Todos eles tinham um cabelo espesso e volumoso e suíças. Alguns tinham o cabelo branco, o de outros era preto, vermelho ou amarelo, enquanto o cabelo de alguns deles estava ficando grisalho, mostrando que eram gigantes de todas as idades. Por mais que as cabeças parecessem ferozes, os olhos tinham uma expressão gentil, como se essas criaturas estivessem subjugadas há tempos, e seus rostos expressavam mais paciência do que ferocidade.

– O que querem? – perguntou um gigante velho, com uma voz grave e retumbante.

– Somos estrangeiros e queremos entrar na cidade – respondeu o Mágico.

– Vocês vêm em paz ou em guerra? – perguntou outro.

– Em paz, naturalmente – respondeu o Mágico, acrescentando impacientemente: – Parecemos com um exército conquistador?

– Não – disse o gigante que tinha respondido primeiro –, vocês parecem andarilhos inocentes; mas ninguém pode ter certeza só pela aparência. Esperem aqui enquanto falamos com nossos senhores. Ninguém pode entrar sem a permissão de Vig, o Tzarsobre.

– Quem é esse? – perguntou Dorothy.

Mas todas as cabeças se abaixaram e sumiram por trás da muralha, então ninguém respondeu.

Eles esperaram por muito tempo até o portão se abrir com um barulho estrondoso e uma voz alta gritar: "Entrem!" E eles não demoraram para atender ao convite.

Dos lados da rua larga que levava do portão até a cidade havia uma fileira de gigantes enormes, vinte deles de cada lado tão próximos uns dos outros que seus cotovelos se tocavam. Eles vestiam uniformes azuis e amarelos e estavam armados com clavas da espessura de troncos de árvores. Cada gigante tinha uma faixa larga de ouro com rebites em volta do pescoço, demonstrando ser um escravo.

Quando nossos amigos entraram, montados no Leão, no Woozy, no Cavalete e no burro, os gigantes deram meia-volta e andaram em duas filas de cada lado deles, como se os escoltassem. Parecia para Dorothy que todos em seu grupo tinham se tornado prisioneiros, já que mesmo em suas montarias mal chegavam nos joelhos dos gigantes que marchavam. As garotas e Botão-Brilhante estavam ansiosos para descobrir como era a cidade em que entraram e como eram as pessoas para terem escravos tão poderosos assim. Enquanto caminhavam, Dorothy podia ver fileiras de casas entre as pernas dos gigantes, dos dois lados da rua, e multidões de pessoas de pé nas calçadas. Mas as pessoas tinham o tamanho normal, e a única coisa notável nelas era o fato de serem terrivelmente magras. Entre a pele e os ossos delas parecia ter pouca carne, ou quase nenhuma, e a maioria parecia encurvada e cansada, até mesmo as criancinhas.

Dorothy se perguntou cada vez mais como e por que os grandes gigantes tinham se submetido a se tornarem escravos de senhores tão magrinhos, mas ela não teve oportunidade de perguntar a ninguém até chegarem a um grande palácio no centro da cidade. Ali os gigantes formaram filas até a entrada e ficaram parados até nossos amigos entrarem no pátio do palácio. Aí então os portões se fecharam e diante deles estava um homenzinho magro que se curvou e disse com uma voz triste:

– Se puderem descer das montarias por gentileza, terei um grande prazer em levá-los à presença do mais poderoso governante em todo o mundo, Vig, o Tzarsobre.

– Não acredito nisso! – disse Dorothy, indignada.

– No quê? – perguntou o homem.

– Não acredito que seu Tzarsobre sequer chegue aos pés da nossa Ozma.

– Ele não chegaria mesmo em circunstância alguma aos pés de qualquer pessoa viva – respondeu o homem com muita seriedade –, pois tem escravos para fazer essas coisas, e o poderoso Vig é honrado demais para fazer qualquer coisa que outras pessoas possam fazer por ele. Ele até obriga um escravo a espirrar por ele, se estiver resfriado. Entretanto, se tiverem a ousadia de encarar nosso governante poderoso, sigam-me.

– Temos ousadia para qualquer coisa – disse o Mágico –, então, vamos em frente.

Eles atravessaram vários corredores de mármore com tetos bem altos, com cada porta e corredor sendo guardado por criados; mas esses criados eram pessoas e não gigantes, e eram tão magros que mais pareciam esqueletos. Finalmente, eles entraram em um grande cômodo circular com um teto abobadado bem alto onde o Tzarsobre estava sentado em um trono esculpido em um bloco sólido de mármore branco e decorado com faixas de seda roxa e borlas douradas.

O governante desse povo estava penteando as sobrancelhas quando nossos amigos entraram em sua sala do trono e pararam diante dele, mas ele guardou o pente no bolso e examinou os estranhos com uma curiosidade perceptível. Então, disse:

– Minha nossa, que surpresa! Vocês realmente me chocaram. Pois nenhum forasteiro jamais chegou à nossa cidade de Herku, e não faço ideia do motivo que *vocês* tenham para isso.

– Estamos procurando Ozma, a governante suprema da Terra de Oz – respondeu o Mágico

– Você a vê em algum lugar por aqui? – perguntou o Tzarsobre.

– Ainda não. Mas talvez Vossa Majestade possa nos dizer onde ela está.

– Não; estou muito ocupado cuidando do meu povo. Eles são difíceis de lidar por serem tremendamente fortes.

– Não parecem ser muito fortes – disse Dorothy. – Parece que um vento forte os mandaria para fora da cidade, não fosse a muralha.

– Realmente – admitiu o Tzarsobre. – Eles realmente parecem ser fracos, não é? Mas você não deve confiar nas aparências, porque elas costumam enganar. Talvez tenham percebido que impedi vocês de encontrarem o meu povo. Protegi vocês com meus gigantes enquanto vinham do portão até o meu palácio para que nenhum herku se aproximasse.

– Seu povo é perigoso então? – perguntou o Mágico.

– Para estranhos, sim; mas só porque são amigáveis demais. Pois se eles apertarem suas mãos, é provável que quebrem seus braços ou transformem seus dedos em geleia.

– Por quê? – perguntou Botão-Brilhante.

– Porque somos as pessoas mais fortes do mundo.

– Até parece! – exclamou o garoto. – Vocês estão contando vantagem. Provavelmente não sabem quão fortes são as outras pessoas. Oras, uma vez encontrei um homem na Filadélfia que entortava barras de ferro usando só as mãos.

– Misericórdia! Mas não é difícil entortar barras de ferro – disse Sua Majestade. – Diga-me, esse homem conseguia esmigalhar um bloco de pedra só com as mãos?

– Ninguém consegue fazer isso – declarou o garoto.

– Se eu tivesse um bloco de pedra eu mostraria – disse o Tzarsobre, olhando em volta do cômodo. – Ah, tem o meu trono. O encosto é alto demais, então vou quebrar um pedaço.

Ele se levantou e rodeou o trono de um jeito incerto.

Então, segurou o encosto e quebrou um pedaço de trinta centímetros de largura.

– Isso é mármore maciço – disse ele voltando para seu trono –, e muito mais duro do que pedra comum. Mesmo assim, consigo despedaçá-lo facilmente com meus dedos, prova de que sou muito forte.

Enquanto falava, ele começou a quebrar pedaços do mármore e esmigalhá-los como alguém faria com um torrão de terra. O Mágico ficou tão incrédulo que pegou um dos pedaços e o testou, percebendo que era realmente muito duro.

Nesse instante, um dos servos gigantes entrou e exclamou:

– Oh, Vossa Majestade, o cozinheiro queimou a sopa! O que devemos fazer?

– Como se atreve a me interromper? – perguntou o Tzarsobre e, pegando o gigante imenso por uma de suas pernas, levantou-o no ar e o atirou de cabeça por uma janela aberta.

– Agora me diga – disse, virando-se para Botão-Brilhante –, seu homem da Filadélfia conseguiria despedaçar mármore com seus dedos?

– Acho que não – disse Botão-Brilhante muito impressionado com a força do monarca magricelo.

– Por que é forte assim? – perguntou Dorothy.

– É o zosozo – explicou ele –, que é uma invenção minha. Eu e todas as pessoas comemos o zosozo e ele nos dá uma força tremenda. Gostaria de comer um pouco?

– Não, obrigada – respondeu a garota. – Eu... Eu não quero ficar magra assim.

– Ora, certamente não tem como ter músculos e força ao mesmo tempo – disse o Tzarsobre. – Zosozo é energia pura e o único composto desse tipo que existe. Nunca permito que nossos gigantes tomem, sabe, ou se tornariam nossos mestres, já que são maiores que nós. Por isso, mantenho a substância trancada no meu laboratório particular. Uma vez por ano dou uma colher de chá dele para cada uma das pessoas, homens, mulheres e crianças, assim, cada um deles é quase tão forte quanto eu. O *senhor* gostaria de uma dose? – perguntou ele, virando-se para o Mágico.

– Bem – disse o Mágico –, se puder me dar um pouquinho de zosozo em uma garrafinha, eu gostaria de levá-lo na viagem. Ele pode vir a ser útil.

– Mas é claro. Darei a você o suficiente para seis doses – prometeu o Tzarsobre. – Mas não tome mais do que uma colher de chá por vez. Uma vez Ugu, o Sapateiro, tomou duas colheres de chá e ficou tão forte que, quando se apoiou na muralha da cidade, ele a quebrou e tivemos que reconstruí-la.

– Quem é Ugu, o Sapateiro? – perguntou Botão-Brilhante curiosamente, pois se lembrou de que o pássaro e o coelho disseram que Ugu, o Sapateiro, encantara o pêssego que ele tinha comido.

– Ora, Ugu é um grande feiticeiro que vivia aqui. Mas agora ele foi embora – respondeu o Tzarsobre.

– Para onde ele foi? – perguntou o Mágico rapidamente.

– Disseram que ele vive em um castelo de vime nas montanhas a Oeste daqui. Veja bem, Ugu se tornou um feiticeiro tão poderoso que não queria mais viver na nossa cidade, com medo de que descobríssemos alguns de seus segredos. Por isso, ele foi para as montanhas e construiu um castelo esplêndido de vime para si, que é tão forte que nem mesmo meu povo e eu conseguimos derrubá-lo. E ele vive lá sozinho.

– Isso é uma ótima notícia – declarou o Mágico –, pois acredito que ele seja o feiticeiro que estamos procurando. Mas por que ele se chama Ugu, o Sapateiro?

– Ele já foi um cidadão bem comum aqui e fazia sapatos para viver – respondeu o monarca de Herku. – Mas ele descendia do maior mágico e feiticeiro que já existiu, nesse país ou em qualquer outro. E um dia Ugu, o Sapateiro, descobriu todos os livros mágicos e receitas do seu famoso bisavô, que estavam escondidos no sótão de sua casa. Assim, ele começou a estudar os papéis e os livros para praticar mágica, e com o tempo ficou tão poderoso que, como eu disse, desprezou nossa cidade e construiu um castelo solitário para si mesmo.

– O senhor acha que Ugu, o Sapateiro, seria maldoso o suficiente para roubar nossa Ozma de Oz? – perguntou Dorothy, ansiosamente.

– E o quadro mágico? – perguntou Trot.

– E o grande livro de registros de Glinda, a Boa? – perguntou Betsy,

– E as minhas ferramentas mágicas? – perguntou o Mágico.

— Bem — respondeu o Tzarsobre —, não vou dizer que Ugu seja exatamente maldoso, mas ele tem a grande ambição de se tornar o feiticeiro mais poderoso do mundo, assim, suponho que ele chegaria ao ponto de roubar qualquer coisa mágica que pertencesse a qualquer outra pessoa, se conseguisse.

— Mas e a Ozma? Por que ele *a* roubaria? — indagou Dorothy.

— Não pergunte para mim, minha cara. Eu lhe garanto que Ugu não me diz o motivo das coisas que faz.

— Então temos que ir e perguntar nós mesmos — declarou a garotinha.

— Eu não faria isso se fosse vocês — aconselhou o Tzarsobre, olhando primeiro para as três meninas, depois para o garoto e o pequeno Mágico e finalmente para a Menina de Retalhos recheada. — Se Ugu realmente roubou sua Ozma, ele a manterá prisioneira, mesmo com todas as suas ameaças e súplicas. E, com todo o seu conhecimento mágico, ele seria uma pessoa perigosa de se atacar. Portanto, se vocês forem sábios, voltarão para casa e encontrarão uma nova governante para a Cidade das Esmeraldas e a Terra de Oz. Mas talvez não tenha sido Ugu, o Sapateiro, quem roubou sua Ozma.

— A única forma de resolver essa questão é ir ao castelo de Ugu e ver se Ozma está lá — respondeu o Mágico. — Se ela estiver, relataremos a situação para a grande bruxa boa, Glinda, e tenho certeza de que ela encontrará um jeito de resgatar nossa querida governante do Sapateiro

— Bem, façam como quiserem — disse o Tzarsobre. — Mas se forem todos transformados em beija-flores ou lagartas, não digam que não avisei.

Eles ficaram o resto daquele dia na cidade de Herku, comeram na mesa real do Tzarsobre e dormiram em seu palácio.

O monarca forte os tratou muito bem e deu ao Mágico um frasquinho dourado de zosozo para usar caso ele ou qualquer um do grupo quisesse ter muita força.

O Tzarsobre tentou persuadi-los até o último momento para não chegarem perto de Ugu, o Sapateiro, mas eles estavam decididos a fazê-lo e, na manhã seguinte, deram adeus ao monarca amigável e montaram em seu animais, deixando os herkus e a cidade, indo para as montanhas que ficavam a Oeste.

A LAGOA DA VERDADE

Parece fazer muito tempo desde que ouvimos algo a respeito do Homem Sapo e de Cayke, a Cozinheira de Cookies, que saíram do País dos Yips em busca da bacia de ouro cravejada de diamantes que fora misteriosamente roubada na mesma noite em que Ozma tinha desaparecido da Cidade das Esmeraldas. Mas devemos lembrar que enquanto o Homem Sapo e a Cozinheira de Cookies se preparavam para descer de sua montanha, e até mesmo enquanto estavam a caminho da fazenda de Wiljon, o winkie, Dorothy, o Mágico e seus amigos viviam as aventuras que acabamos de ler.

Então, na mesma manhã em que os viajantes da Cidade das Esmeraldas se despediram do Tzarsobre da cidade de Herku, Cayke e o Homem Sapo acordaram em um arvoredo onde passaram a noite dormindo em um monte de folhas. Havia várias fazendas na proximidade, mas ninguém parecia querer receber o Homem Sapo pomposo e arrogante e a pequena e macilenta Cozinheira de Cookies, assim eles dormiram confortavelmente sob as árvores daquele lugar.

Naquela manhã, o Homem Sapo acordou primeiro e depois de ir até a árvore onde Cayke dormia e perceber que ela ainda estava no reino dos sonhos, decidiu dar um passeio e procurar um café da manhã. Ao chegar ao limite do arvoredo ele viu, a quase um quilômetro de distância, uma bela casa amarela cercada por uma cerca também assim, foi até lá e, ao entrar no quintal, viu uma mulher winkie juntando gravetos para fazer uma fogueira e cozinhar sua refeição matinal.

– Minha nossa! – exclamou ao ver o Homem Sapo. – O que está fazendo fora da sua lagoa?

– Estou viajando em busca de uma bacia de ouro com diamantes, minha boa senhora – respondeu ele com um ar bastante digno.

– Não vai encontrá-la aqui – disse ela. – Nossas bacias são de lata e são boas o suficiente para qualquer um. Então, volte para sua lagoa e me deixe em paz.

Ela foi bastante grosseira e falou com uma falta de respeito que irritou imensamente o Homem Sapo.

– Permita-me dizer, madame – disse ele –, que apesar de ser um sapo, sou o melhor e mais sábio sapo do mundo inteiro. Devo acrescentar que possuo muito mais sabedoria do que qualquer winkie, homem ou mulher, nessa terra. Aonde quer que eu vá, as pessoas se ajoelham perante mim e homenageiam o grande Homem Sapo! Ninguém mais sabe tanto quanto eu; ninguém mais é tão grandioso, tão magnífico!

– Se sabe tanto assim – retrucou ela –, como não sabe onde está sua bacia, em vez de sair de um lado para o outro procurando-a?

– Em pouco tempo irei até onde ela está – respondeu ele –, mas agora estou viajando e ainda não tomei café da manhã. Portanto, estou honrando-a ao pedir algo para comer.

– Opa, o grande Homem Sapo sente fome como qualquer outro mortal, é? Então junte esses gravetos e me ajude a fazer a fogueira – disse a mulher desdenhosamente.

– Eu, o grande Homem Sapo, juntar gravetos? – exclamou horrorizado. – No País dos Yips, onde sou mais honrado e poderoso do que qualquer rei poderia ser, as pessoas choram de alegria quando peço que me alimentem.

– Então deve ir para lá tomar seu café da manhã –declarou a mulher.

– Receio que não entendeu a minha importância – instigou o Homem Sapo. – Toda essa minha sabedoria me faz superior a tarefas mundanas.

– É um mistério enorme para mim – observou a mulher, levando os gravetos para sua casa – que sua sabedoria não lhe informe que não conseguirá café da manhã por aqui – e entrou na casa batendo a porta.

L. Frank Baum

O Homem Sapo sentia que tinha sido insultado, então soltou um coaxo indignado e virou as costas. Depois de andar uma curta distância, ele chegou a um caminho gasto que ia na direção de um grupo de árvores pequenas através de um campo. E pensando que o círculo de sempre-vivas devia cercar uma casa, onde ele talvez fosse bem recebido, decidiu seguir esse caminho. E em pouco tempo chegou às árvores, que estavam bem juntas, e ao tirar alguns galhos do caminho, ele não encontrou casa alguma dentro do círculo, mas sim uma linda lagoa de água transparente.

Veja bem, o Homem Sapo, por mais que fosse tão grande e bem-educado que seguia os costumes dos humanos, ainda era um sapo. Enquanto ele olhava para essa lagoa solitária e deserta, seu amor pela água retornou com uma força irresistível.

– Se não consigo um café da manhã, eu pelo menos vou dar uma bela nadada – disse ele. E ao passar pelas árvores, chegou ao leito da lagoa. Ali ele tirou suas roupas finas, colocando seu chapéu roxo brilhante e sua bengala com apoio de ouro ao lado delas. Logo em seguida saltou dentro d'água, mergulhando até o fundo da lagoa.

A água estava deliciosamente fresca e agradável para sua pele grossa e rugosa, e o Homem Sapo deu várias voltas nadando na lagoa antes de parar para descansar. Ele então ficou boiando na superfície e examinou a lagoa curiosamente. O fundo e os lados estavam forrados com azulejos rosados brilhantes; apenas um pedaço do fundo, de onde a água borbulhava de uma fonte escondida, tinha sido deixado descoberto. Nas margens, a grama verde crescia até a beirada dos azulejos rosados.

E agora, enquanto examinava o lugar, o Homem Sapo descobriu que em um dos lados daquela piscina, logo acima da água, havia uma placa de ouro que tinha algumas palavras gravadas. Ele nadou em direção a ela e ao chegar leu a seguinte inscrição:

ESTA É
A LAGOA DA VERDADE
QUEM SE BANHAR NESTA
ÁGUA DEVE DEPOIS DISSO
SEMPRE DIZER
A VERDADE

Essa declaração assustou o Homem Sapo. Ele ficou tão preocupado que pulou de volta na margem e começou a se vestir com pressa.

– Uma desgraça terrível caiu sobre mim – disse ele a si mesmo –, pois a partir de agora não posso dizer às pessoas que sou sábio, já que não é verdade. A verdade é que a sabedoria de que me vanglorio é uma enganação que eu assumi para enganar as pessoas e fazê-las me tratarem com deferência. Na verdade, nenhuma criatura viva pode saber muito mais que seus semelhantes, pois uma delas sabe uma coisa, e a outra pode saber outra, assim a sabedoria é igualmente espalhada por todo o mundo. Mas... Oh, céus! Que destino terrível será o meu agora. Até mesmo Cayke, a Cozinheira de Cookies, logo descobrirá que meu conhecimento não é muito maior que o dela; já que por ter me banhado nessa água encantada da Lagoa da Verdade, não posso mais enganá-la ou contar a ela uma mentira.

Mais humilde do que tinha sido por muitos anos, o Homem Sapo voltou ao arvoredo onde deixara Cayke e encontrou agora a mulher acordada e lavando o rosto em um pequeno córrego.

– Para onde Vossa Senhoria foi? – perguntou.

– Fui a uma fazenda pedir algo para comer – disse ele –, mas a mulher negou.

– Que horror! – exclamou ela – Mas deixe para lá; tem outras casa aqui em que as pessoas ficarão felizes em alimentar a criatura mais sábia de todo o mundo.

– Está falando de si mesma? – perguntou ele.

– Não, de você.

O Homem Sapo se sentia fortemente impelido a dizer a verdade para ela, mas lutava muito contra isso. Sua mente o dizia que não serviria para nada deixar Cayke saber que ele não era sábio, pois ela perderia muito do respeito que tinha por ele, mas toda vez que ele abria a boca para falar algo, percebia que estava quase falando a verdade e a fechava novamente o mais rápido possível. Ele tentou falar sobre outra coisa, mas as palavras necessárias para deixar de enganar a mulher se forçavam até seus lábios apesar de todo o seu esforço. Finalmente, sabendo que deveria ficar mudo ou deixar a verdade prevalecer, ele soltou um gemido baixo de frustração e disse:

– Cayke, eu *não* sou a criatura mais sábia do mundo; eu nem sequer sou sábio.

– Oh, você tem que ser! – protestou ela. – Você mesmo me disse, noite passada.

– Então ontem à noite eu não lhe disse a verdade – admitiu ele, parecendo muito envergonhado para um sapo. – Sinto muito ter mentido para você, minha boa Cayke; mas, se quer mesmo saber a verdade, apenas a verdade e nada mais que a verdade, na realidade sou menos sábio que você.

A Cozinheira de Cookies ficou muito chocada ao ouvir isso, pois despedaçava uma de suas ilusões mais agradáveis. Ela olhou incrédula para o Homem Sapo tão lindamente vestido.

– O que fez com que mudasse de ideia tão repentinamente? – perguntou.

– Eu me banhei na Lagoa da Verdade – disse ele –, e quem quer que se banhe naquela água é obrigado a dizer a verdade depois.

– Foi muita tolice sua fazer isso – declarou a mulher. – Geralmente é muito embaraçoso dizer a verdade. Estou feliz por *não* ter me banhado nessa água horrorosa!

O Homem Sapo olhou pensativamente para sua companheira.

– Cayke – disse ele –, quero que vá à Lagoa da Verdade e que se banhe em suas águas. Pois se vamos viajar juntos e encontrar aventuras desconhecidas, não seria justo que só eu deva dizer sempre a verdade a você, enquanto você pode me dizer o que bem entender. Se nós dois mergulharmos na água encantada, não haverá possibilidade que enganemos um ao outro.

– Não – declarou ela, balançando resolutamente a cabeça. – Não farei isso, Vossa Senhoria. Pois se eu dissesse a verdade, estou certa de que não gostaria de mim. Nada de Lagoa da Verdade para mim. Vou continuar do jeito que sou, uma mulher honesta que pode dizer o que bem entender sem magoar os sentimentos de ninguém.

O Homem Sapo foi forçado a se contentar com essa decisão, apesar de sentir muito que a Cozinheira de Cookies não ouvisse seu conselho.

O BARQUEIRO INFELIZ

Deixando o arvoredo onde tinham dormido, o Homem Sapo e a Cozinheira de Cookies foram em direção ao Leste para procurar outra casa e, após uma curta caminhada, chegaram a uma onde as pessoas os receberam com muita educação. As crianças encararam bastante o Homem Sapo grande e pomposo, mas a dona da casa, quando Cayke pediu algo para comer, trouxe comida e disse para que se servissem.

– Poucas pessoas necessitadas passam por aqui – observou ela –, pois os winkies são todos prósperos e amam ficar em suas casas. Mas talvez vocês não sejam winkies – acrescentou ela.

– Não – disse Cayke –, sou uma yip e minha casa fica numa montanha bem alta a sudeste de seu país.

– E o Homem Sapo? Ele também é um yip?

– Não sei o que ele é, além de uma criatura muito notável e altamente educada – respondeu a Cozinheira de Cookies. – Mas ele viveu muitos anos com os yips, que o achavam tão sábio e inteligente que sempre lhe pediam conselho.

– Posso saber por que deixou sua casa e para onde estão indo? – perguntou a mulher winkie.

Aí Cayke contou a ela sobre a bacia de ouro cravejada de diamantes e como ela fora misteriosamente roubada de sua casa, e como descobriu que não podia mais fazer bons cookies depois disso. Por isso, resolvera procurar sua bacia até achá-la novamente, porque uma cozinheira de cookies que não consegue cozinhar cookies bons não serve para muita coisa. O Homem Sapo, que queria conhecer mais do mundo, tinha a acompanhado para ajudá-la em sua busca. Depois de ouvir a história, a mulher perguntou:

– Então ainda não faz ideia de quem roubou sua bacia?

– Só sei que deve ter sido uma fada, mágico ou alguma outra pessoa poderosa e maligna, porque ninguém mais conseguiria subir a montanha íngreme e chegar ao País dos Yips. E quem mais poderia ter levado minha bacia linda e mágica sem ser visto?

A mulher pensou sobre o assunto enquanto Cayke e o Homem Sapo tomaram seu café da manhã. Quando eles terminaram, ela disse:

– Para onde vão agora?

– Ainda não decidimos – respondeu a Cozinheira de Cookies.

– Nosso plano é viajar de lugar em lugar até descobrirmos onde está o ladrão – explicou o Homem Sapo, com a sua forma imponente –, e depois disso vamos obrigá-lo a devolver a bacia a sua dona de direito.

– É um bom plano – concordou a mulher –, mas pode levar muito tempo até serem bem-sucedidos, já que seu método é um pouco aleatório e indefinido. Entretanto, eu os aconselharia a viajar em direção ao Leste.

– Por quê? – perguntou o Homem Sapo.

– Porque se forem em direção ao Oeste logo chegarão ao deserto, e também porque nessa parte do País dos Winkies ninguém rouba, então perderiam seu tempo. Mas em direção ao Leste, depois do rio, vivem várias pessoas estranhas em cuja honestidade eu não confiaria. Além disso, se viajarem o suficiente em direção ao Leste e cruzarem o rio uma segunda vez, vocês chegarão à Cidade das Esmeraldas, onde existe muita magia e bruxaria. A Cidade das Esmeraldas é governada por uma garotinha adorável chamada Ozma, que também governa o imperador dos winkies e toda a Terra de Oz. Assim, como Ozma é uma fada, ela pode dizer a vocês quem roubou sua bacia preciosa. Desde que, naturalmente, não a achem até chegarem lá.

– Esse parece ser um conselho excelente – disse o Homem Sapo.

– A coisa mais sensata a fazer seria voltar para casa e usar outra bacia, aprendendo a fazer cookies como as outras pessoas, sem mágica – continuou a mulher. – Mas se não puder ser feliz sem a bacia que perdeu, é mais provável que saiba sobre ela na Cidade das Esmeraldas do que em qualquer outro lugar de Oz.

Eles agradeceram a boa mulher e, ao saírem da casa dela, viraram-se em direção ao Leste e continuaram nessa direção o tempo todo. Perto do anoitecer eles chegaram à parte ocidental do Rio Winkie e ali, à margem, encontraram um barqueiro que vivia sozinho em sua casinha amarela.

Esse barqueiro era um winkie com uma cabeça muito pequena e um corpo muito grande. Ele estava sentado à porta quando os viajantes se aproximaram e nem virou a cabeça para olhá-los.

– Boa noite – disse o Homem Sapo.

O barqueiro não respondeu.

– Gostaríamos de algo para comer e do privilégio de dormirmos na sua casa até o amanhecer – continuou o Homem Sapo. – De manhã, gostaríamos de um café da manhã e que você atravessasse o rio conosco.

O barqueiro não se moveu nem falou. Ele estava sentado na soleira da porta e olhava para a frente.

– Ele deve ser surdo e mudo – sussurrou Cayke para seu companheiro. Ela então ficou diretamente na frente do barqueiro e, colocando sua boca perto do ouvido dele, gritou o mais alto que conseguia.

– Boa noite!

O barqueiro fez uma careta.

– Por que está gritando comigo, mulher? – perguntou.

– Consegue ouvir o que eu digo? – perguntou ela em seu tom de voz normal.

– É claro que sim – respondeu o homem.

– Então por que não respondeu para o Homem Sapo?

– Porque não entendo a língua dos sapos – disse o barqueiro.

– Ele fala as mesmas palavras que eu e do mesmo jeito – declarou Cayke.

– Talvez – respondeu o barqueiro –, mas para mim sua voz parece o coaxar de um sapo. Sei que na Terra de Oz os animais podem falar nossa língua, assim como pássaros, insetos e peixes; mas nos *meus* ouvidos eles simplesmente soam como rosnados, piados e coaxos.

– Por quê? – perguntou a Cozinheira de Cookies surpresa.

– Uma vez, muitos anos atrás, eu cortei a cauda de uma raposa que me provocou; roubei os ovos de alguns pássaros para fazer uma omelete e também tirei um peixe do rio e o deixei na margem até que morresse por falta de água. Não sei por que fiz essas coisas maldosas, mas eu as fiz. Assim, o imperador dos winkies, o Homem de Lata, que tem um coração de lata muito bondoso, deu-me a punição de não conseguir me comunicar com animais, pássaros ou peixes. Não consigo entendê-los quando falam comigo, mesmo sabendo que outras pessoas conseguem, nem as criaturas conseguem entender uma palavra do que digo a elas. Todas as vezes que encontro uma delas, lembro-me da minha crueldade no passado, e isso me deixa muito infeliz.

– Sinto muito mesmo por você – disse Cayke –, mesmo que não possa culpar o Homem de Lata por puni-lo.

– O que ele está resmungando? – perguntou o Homem Sapo.

– Ele está conversando comigo, mas você não o entende – respondeu ela. E então contou a ele sobre o castigo do barqueiro e depois explicou ao barqueiro que queriam passar a noite ali e serem alimentados.

Ele lhes deu frutas e pão, que eram a única comida que tinha, e permitiu que Cayke dormisse em um quarto em seu casebre. Mas recusou a aceitar o Homem Sapo em sua casa, dizendo que a presença do sapo o deixava miserável e infeliz. Em momento algum ele olhou diretamente para o Homem Sapo, ou mesmo em sua direção, com medo de chorar se o fizesse; assim, o grande sapo dormiu à margem do rio, onde conseguia ouvir sapinhos coaxando no rio a noite inteira. Mas isso não o manteve acordado; simplesmente serviu para niná-lo, pois percebia quão superior ele era.

Assim que o sol nasceu como um novo dia, o barqueiro atravessou o rio com os dois viajantes, de costas para o Homem Sapo por todo o percurso, e então Cayke agradeceu e se despediu, e o barqueiro remou de volta para casa.

Desse lado do rio não havia caminho algum, então era evidente que tinham chegado a uma parte do país menos frequentada pelos viajantes.

Havia um pântano ao Sul de onde estavam, dunas de areia ao Norte e alguns pequenos arbustos levando a uma floresta ao Leste. Assim, o Leste era realmente a direção menos difícil de seguir e a que estavam determinados a seguir.

O Homem Sapo, apesar de calçar sapatos de couro verde com botões de rubi, tinha pés muito grandes e achatados, e quando ele passava pela vegetação, seu peso esmagava o mato e criava um caminho para Cayke segui-lo. Assim, eles logo chegaram à floresta, onde as árvores altas ficavam bem distantes umas das outras, mas eram tão frondosas que cobriam todo o espaço entre elas com seus galhos.

– Não tem arbustos aqui – disse Cayke, muito contente –, então agora podemos viajar mais rápido e mais confortavelmente.

O GRANDE URSO LAVANDA

Era um lugar muito agradável de se andar e os dois viajantes seguiam em um ritmo rápido, quando uma voz gritou repentinamente:
– Parem!
Eles olharam em volta surpresos, sem ver ninguém. Então, detrás de uma árvore saiu um urso marrom pelado, cuja cabeça chegava na cintura de Cayke, que era uma mulher baixa. O urso era tão gordo quanto peludo; ele chegava a parecer inchado, enquanto suas pernas e braços pareciam ser articulados nos joelhos e cotovelos e presos ao corpo com alfinetes ou rebites. Suas orelhas eram redondas e ficavam espetadas de um jeito cômico, enquanto seus olhos pretos e redondos brilhavam como contas. O ursinho marrom trazia uma arma com o cano de lata. O cano tinha uma rolha na ponta e um barbante estava preso na rolha e no punho da arma.
Tanto o Homem Sapo quanto Cayke encararam esse urso curioso silenciosamente por um tempo. Então o Homem Sapo recuperou-se da surpresa e observou:
– Parece-me que você foi recheado com serragem e não deveria estar vivo.
– Isso é o que você acha que sabe – respondeu o Ursinho Marrom com uma voz aguda. – Eu sou recheado com pelo de cavalo da melhor qualidade

e minha pele é da melhor pelúcia que já foi feita. Quanto a eu estar vivo, isso é problema meu, e vocês não têm coisa alguma a ver com isso, exceto o fato que isso me dá o privilégio de dizer que são meus prisioneiros.

– Prisioneiros! Por que falar uma asneira dessas? – perguntou o Homem Sapo irritado. – Acha que ficaríamos com medo de um urso de pelúcia com uma arma de brinquedo?

– Deveriam estar – foi a resposta confiante –, pois sou o guarda do caminho até a Central dos Ursos, que é uma cidade com centenas da minha raça, que são governados por um feiticeiro muito poderoso conhecido como Urso Lavanda. Ele devia ser roxo, sabe, já que é um rei, mas ele é apenas lavanda claro, que é, naturalmente, prima em segundo grau do roxo real. Assim, a não ser que queiram vir comigo pacificamente, como meus prisioneiros, vou disparar minha arma e trazer uma centena de ursos, de todas as cores e tamanhos, para capturá-los.

– Por que deseja nos capturar? – perguntou o Homem Sapo, que ouvira todo esse discurso bastante aturdido.

– Na verdade, eu não desejo – respondeu o Ursinho Marrom –, mas é meu dever fazê-lo porque estão agora invadindo o domínio de Sua Majestade o rei da Central dos Ursos. Além disso, devo admitir que as coisas estão muito tranquilas em nossa cidade no momento, e a empolgação da captura de vocês, seguida do julgamento e da execução, provavelmente nos entreterá um bocado.

– Duvidamos que faça isso! – disse o Homem Sapo.

– Oh, não; não faça isso – implorou Cayke, falando com seu companheiro. – Ele disse que o rei é um feiticeiro, então talvez ele ou um de seus ursos tenha sido quem se aventurou a roubar minha bacia preciosa. Vamos para a cidade dos ursos descobrir se minha bacia está lá.

– Agora devo registrar mais uma acusação contra vocês – observou o Ursinho Marrom, com uma satisfação evidente. – Você acabou de nos acusar de roubo, e isso é uma coisa tão horrível de se dizer que tenho certeza de que nosso nobre rei ordenará a execução de vocês.

– Mas como nos executariam? – indagou a cozinheira de cookies.

– Não faço ideia. Mas nosso rei é um inventor fantástico e não há dúvida de que achará a forma certa de destruí-los. Assim, digam-me, vão lutar ou virão pacificamente encontrar sua perdição?

Era tudo tão ridículo que Cayke riu alto e até a boca do Homem Sapo se curvou em um sorriso. Nenhum deles estava com o menor medo de ir para a cidade dos ursos e parecia a ambos que havia a possibilidade de acharem a bacia desaparecida. Assim, o Homem Sapo disse:

– Vá na frente, Ursinho, e o seguiremos sem resistência

– Isso é muito sensato; muito sensato mesmo! – declarou o Ursinho Marrom. – Assim, em frente, *marchem*! – e com esse comando ele se virou e começou a gingar pelo caminho que seguia por entre as árvores.

Cayke e o Homem Sapo, enquanto seguiam seu condutor, mal conseguiam segurar a risada diante da maneira dura e desengonçada com que ele andava e, apesar de ele mover as pernas recheadas bastante rápido, os passos eram tão curtos que eles precisavam ir bem devagar para não o atropelar. Mas depois de um tempo eles chegaram a um grande espaço circular no meio da floresta, que não tinha tocos de árvore nem vegetação rasteira. O chão estava coberto por um musgo cinza macio, agradável de pisar. Todas as árvores em volta desse espaço pareciam ser ocas e tinham buracos circulares em seus troncos, a uma pequena distância do chão. Mas, fora isso, não havia nada de incomum no lugar e nada que indicasse ser povoado, na opinião dos prisioneiros. Mas o Ursinho Marrom disse com uma voz orgulhosa e impressionante (apesar de ainda parecer um guincho):

– Essa é a fantástica cidade famosamente conhecida como Central dos Ursos!

– Mas não há casas aqui; não há urso algum morando aqui! – exclamou Cayke.

– Oh, certamente! – respondeu o captor, que levantou sua arma e puxou o gatilho. A rolha saiu voando do cano de lata com um "*pop!*" bem alto e imediatamente surgiu de cada buraco em cada uma das árvores na clareira a cabeça de um urso. Elas eram de muitas cores e de muitos tamanhos, mas todas feitas da mesma forma daquela do urso que os encontrara e capturara.

A princípio começou um coro de rosnados, e depois uma voz clara gritou:

— O que aconteceu, Cabo Gingado?

— Prisioneiros, Vossa Majestade! — respondeu o Ursinho Marrom. — Intrusos em nosso domínio e difamadores do nosso bom nome.

— Ah, isso é importante — respondeu a voz.

E um regimento inteiro de ursos de pelúcia caiu das árvores ocas, alguns carregando espadas de lata, alguns, armas de espoleta e outros, lanças longas com laços festivos amarrados nos punhos. Havia centenas deles e rapidamente formaram um círculo ao redor do Homem Sapo e da Cozinheira de Cookies, mas eles mantiveram a distância e deixaram um grande espaço para os prisioneiros.

Logo depois o círculo se abriu e um enorme urso de pelúcia de uma adorável cor lavanda foi até o centro. Ele andava nas patas traseiras, como todos os outros, e trazia na cabeça uma coroa de lata cravejada de diamantes e ametistas, enquanto carregava em uma das patas uma varinha curta de algum material brilhante que parecia prata mas não era.

— Sua Majestade, o Rei! — gritou o Cabo Gingado, e todos os ursos se curvaram. Alguns se curvaram tanto que perderam o equilíbrio e caíram, mas em pouco tempo se levantaram novamente. O rei Lavanda sentou-se de cócoras diante dos prisioneiros e os encarou firmemente com seus olhos cor-de-rosa brilhantes.

O URSINHO ROSA

– Uma pessoa e uma aberração – disse o enorme Urso Lavanda, depois de examinar os estranhos cuidadosamente.
– Sinto muito por ouvi-lo chamar a pobre Cayke, a Cozinheira de Cookies, de aberração – queixou-se o Homem Sapo.
– Ela é a pessoa – afirmou o rei. – A não ser que eu esteja enganado, a aberração é você.
O Homem Sapo se calou, pois verdadeiramente não podia negar.
– Por que se atreveram a invadir minha floresta? – questionou o Urso Rei.
– Não sabíamos que *era* sua floresta – disse Cayke –, e estamos indo em direção ao Leste, onde está a Cidade das Esmeraldas.
– Ah, é um longo caminho daqui para a Cidade das Esmeraldas – observou o rei. – Na verdade, é tão distante que nenhum de nós ursos jamais esteve lá. Mas qual tarefa exige que viajem uma distância dessas?
– Alguém roubou minha bacia de ouro cravejada de diamantes – explicou Cayke –, e como não posso ser feliz sem ela, decidi percorrer o mundo inteiro até encontrá-la novamente. O Homem Sapo, que é um incrível sábio muito estudado, veio comigo para me ajudar. Não é muito gentil da parte dele?
O rei olhou para o Homem Sapo.

– O que faz com que seja um sábio tão incrível? – perguntou.

– Eu não sou – foi a resposta sincera. – A Cozinheira de Cookies e alguns outros no País dos Yips acham que devo ser muito sábio por ser um sapo enorme e andar e agir como um homem. Eu aprendi mais do que um sapo geralmente sabe, é verdade, mas não sou ainda tão sábio quanto espero me tornar no futuro.

O rei acenou com a cabeça, e ao fazê-lo alguma coisa guinchou em seu peito.

– Vossa Majestade disse algo? – perguntou Cayke.

– Agora não – respondeu o Urso Lavanda, parecendo um pouco desconfortável. – Vejam bem, a forma como fui feito faz com que, quando qualquer coisa pressiona meu peito, como meu queixo fez acidentalmente há pouco, emita esse barulho bobo. Nessa cidade, não é considerado educado perceber isso. Mas gosto do seu Homem Sapo. Ele é honesto e verdadeiro, o que é mais do que podemos dizer de muitos outros. Quanto à sua bacia antiga, vou mostrá-la a você.

Ao dizer isso, ele balançou três vezes a varinha de metal que segurava em sua pata e instantaneamente surgiu no chão, no meio do caminho entre o rei e Cayke, uma bacia grande e redonda feita de ouro batido. Em volta da parte superior havia uma fileira de diamantes pequenos; em volta da parte do centro, havia outra fileira de diamantes maiores; e na parte inferior havia uma fileira de diamantes enormes e brilhantes. Na verdade, todos eles brilhavam magnificamente e a bacia era tão grande e larga que precisava de muitos diamantes para circundá-la inteira três vezes.

Cayke encarou tanto que seus olhos pareciam quase saltar de suas órbitas.

– Oooooh! – exclamou ela, respirando fundo com deleite.

– É a sua bacia? – indagou o rei.

– É sim... É sim! – gritou a Cozinheira de Cookies e, correndo para a frente, ela caiu de joelhos e jogou seus braços ao redor de sua bacia preciosa. Mas seus braços se tocaram sem encontrar nenhuma resistência. Cayke tentou segurá-la pela beirada, nas não encontrou o que tocar. A bacia estava claramente ali, pensou ela, pois podia vê-la nitidamente; mas ela não era sólida; não podia senti-la de forma alguma. Com um gemido de incredulidade e desespero, ela levantou a cabeça para olhar para o Urso Rei, que observava suas ações curiosamente. Ela então se virou novamente para a bacia, apenas para perceber que havia desaparecido completamente.

– Pobre criatura! – murmurou o rei piedosamente. – Deve ter achado, por um instante, que tinha recuperado sua bacia. Mas o que você viu foi apenas a imagem dela, conjurada com a minha mágica. Ela é uma bacia muito bonita, apesar de ser grande e desajeitada de manusear. Espero que a encontre algum dia.

Cayke ficou definitivamente desapontada. Ela começou a chorar, enxugando os olhos em seu avental. O rei se virou para a multidão de ursos de pelúcia que o cercava e perguntou:

– Algum de vocês já viu essa bacia de ouro antes?

– Não – responderam em coro.

O rei pareceu refletir. Logo depois perguntou:

– Onde está o Ursinho Rosa?

– Em casa, Vossa Majestade – foi a resposta.

– Tragam-no aqui – ordenou o rei.

Vários dos ursos gingaram até uma das árvores e puxaram de seu buraco um minúsculo urso rosa, menor que qualquer um dos outros. Um grande urso branco carregou o rosa em seus braços e colocou-o ao lado do rei, arrumando as articulações em suas pernas para que ele ficasse de pé.

Esse Urso Rosa parecia inerte até o rei virar uma chave que saía do lado dele, quando a criaturinha virou a cabeça rigidamente de um lado para o outro e disse com uma voz pequenina e aguda:

– Vida longa ao Rei da Central dos Ursos!

– Muito bom – disse o enorme Urso Lavanda –, ele parece estar funcionando bem hoje. Diga-me, meu Rosa Rosado, o que aconteceu com a bacia preciosa dessa moça?

– U... u... u – disse o Urso Rosa e parou completamente.

O rei girou a chave novamente.

– Ugu, o Sapateiro, está com ela – disse o Urso Rosa.

– Quem é Ugu, o Sapateiro? – questionou o rei, girando a chave mais uma vez.

– Um feiticeiro que vive em uma montanha em um castelo de vime – foi a resposta.

– Onde fica essa montanha? – foi a pergunta seguinte.

– A trinta quilômetros e três *furlongs*[2] a nordeste da Central dos Ursos.

– E a bacia ainda está no castelo de Ugu, o Sapateiro? – perguntou o rei.

– Está.

O rei se virou para Cayke.

– Você pode confiar nessa informação – disse ele. – O Urso Rosa pode nos dizer qualquer coisa que quisermos saber, e suas palavras são sempre verdadeiras.

– Ele está vivo? – perguntou o Homem Sapo, muito interessado no Urso Rosa.

– Algo faz com que se mexa, quando viramos a chave – respondeu o rei. – Não sei se é vida, ou o que é, ou como o Ursinho Rosa consegue responder corretamente qualquer pergunta feita a ele. Descobrimos seu talento há muito tempo e sempre que queremos saber qualquer coisa, o que não acontece com frequência, perguntamos ao Urso Rosa. Não há dúvida alguma, madame, de que Ugu, o Feiticeiro, está com sua bacia, e caso se atreva a ir até ele, pode ser que a recupere. Mas não tenho certeza disso.

– O Urso Rosa não pode dizer? – perguntou Cayke ansiosamente.

– Não, porque isso está no futuro. Ele pode dizer qualquer coisa que *já* aconteceu, mas nada do que vai acontecer. Não me pergunte o motivo, pois não sei.

– Bem – disse a Cozinheira de Cookies depois de pensar um pouco –, pretendo ir até esse feiticeiro de qualquer forma e dizer a ele que quero minha bacia. Gostaria de saber como Ugu, o Sapateiro, é.

– Então vou mostrá-lo a você – prometeu o rei. – Mas não se assuste; lembre-se, não será Ugu, somente sua imagem.

---

[2] O *furlong* é uma unidade de comprimento do sistema imperial de medidas. O nome completo da unidade é *surveyor furlong*, e equivale a 201,168 metros. (N.T.)

Com isso, ele balançou sua varinha de metal de novo e subitamente surgiu no círculo um homenzinho, muito magro e velho, que se sentava em um banco de vime diante de uma mesa de vime. Na mesa estava um grande livro com fechos dourados, o livro estava aberto e o homem o lia. Ele usava óculos bem grandes, que estavam presos em seu rosto com uma fita que passava em volta de sua cabeça e dava um laço atrás dela. Seu cabelo era bem ralo e branco; sua pele, que parecia pregada direto nos ossos, era marrom e cheia de rugas; ele tinha um nariz grande e largo e olhinhos muito juntos.

Ugu, o Sapateiro, não era de forma alguma uma pessoa agradável de se olhar. Na medida em que sua imagem aparecia diante deles, todos ficaram quietos e cativados, até o Cabo Gingado, o Urso Marrom, ficar nervoso e apertar o gatilho de sua arma. A rolha voou instantaneamente do cano de lata com um *"pop!"* bem alto que fez todos darem um salto. E, com o som, a imagem do feiticeiro desapareceu.

– Muito bem! Então *esse* é o ladrão? – disse Cayke, com raiva. – Ele deveria estar com vergonha de si mesmo por ter roubado a bacia de diamantes de uma pobre dama! Mas pretendo encará-lo em seu castelo de vime e forçá-lo a devolver minha propriedade.

– Ele me pareceu uma pessoa perigosa – disse o Urso Rei pensativo. – Espero que ele não seja desagradável o suficiente para criar caso com você.

O Homem Sapo ficou muito perturbado com a visão de Ugu, o Sapateiro, e a determinação que Cayke tinha de ir até o feiticeiro encheu seu companheiro de preocupações. Mas ele não quebraria sua promessa de ajudar a Cozinheira de Cookies, e depois de dar um suspiro resignado, perguntou ao rei:

– Vossa Majestade poderia nos emprestar o Urso Rosa que responde às perguntas, para que o levemos em nossa jornada? Ele seria muito útil para nós e prometemos trazê-lo de volta em segurança.

O rei não respondeu imediatamente, parecia estar pensando.

– *Por favor*, deixe-nos levar o Urso Rosa – implorou Cayke. – Estou certa de que ele seria de grande ajuda para nós.

– O Urso Rosa é a melhor coisa mágica que tenho – disse o rei –, e não existe outro como ele no mundo. Não quero perdê-lo de vista nem os decepcionar; então acredito que farei a jornada com vocês e levarei meu Urso Rosa comigo. Ele pode andar, quando damos corda no outro lado dele, mas anda tão devagar e desengonçado que iria atrasá-los. Mas se eu for junto, posso carregá-lo em meus braços, portanto, eu me juntarei ao grupo de vocês. Quando estiverem prontos para partir, avisem-me.

– Mas... Vossa Majestade! – exclamou o Cabo Gingado em protesto. – Espero que não tenha intenção de deixar os prisioneiros escaparem sem punição.

– De que crimes os acusa? – perguntou o rei.

– Ora, para começo de conversa, eles invadiram seu domínio – disse o Urso Marrom.

– Não sabíamos que era propriedade privada, Vossa Majestade – disse a Cozinheira de Cookies.

– E perguntaram se um de nós tinha roubado a bacia! – continuou o Cabo Gingado indignado. – Isso é o mesmo que nos chamar de ladrões e larápios, bandidos e criminosos, não é?

– Todas as pessoas têm o direito de fazer perguntas – disse o Homem Sapo.

– Mas o Cabo está muito correto – declarou o Urso Lavanda. – Condeno os dois à morte, a execução acontecerá daqui a dez anos.

– Mas somos da Terra de Oz, onde ninguém jamais morre – lembrou Cayke.

– É verdade – disse o rei. – Condeno-os à morte apenas como uma formalidade. Parece bastante terrível e em dez anos já terei esquecido completamente. Estão prontos para ir ao castelo de vime de Ugu, o Sapateiro?

– Definitivamente, Vossa Majestade.

– Mas quem governará em seu lugar enquanto não estiver aqui? – perguntou um grande Urso Amarelo.

– Eu mesmo governarei enquanto não estiver aqui – foi a resposta. – Um rei não é obrigado a ficar em casa para sempre, e se ele quiser viajar, quem tem algo a ver com isso exceto ele? Tudo o que peço é que se comportem enquanto eu estiver ausente. Se qualquer um de vocês se comportar mal, mandarei o malcriado para alguma garota ou algum garoto nos Estados Unidos para ser um brinquedo.

Essa ameaça terrível fez todos os ursos de pelúcia ficarem sérios. Eles asseguraram ao rei, em um coro de rosnados, que se comportariam. E então o grande Urso Lavanda pegou o Ursinho Rosa e, depois de colocá-lo cuidadosamente debaixo do braço, disse "Adeus e até a minha volta!", e saiu gingando pelo caminho que levava através da floresta. O Homem Sapo e Cayke, a Cozinheira de Cookies, seguiram o rei, para o arrependimento do Urso Marrom, que apertou o gatilho de sua arma e estourou a rolha como uma saudação de partida.

O ENCONTRO

Enquanto o Homem Sapo e seu grupo avançavam vindo do Oeste, Dorothy e seu grupo avançavam vindo do Leste, e aconteceu que na noite seguinte todos eles acamparam em uma pequena colina que ficava a apenas alguns quilômetros do castelo de vime de Ugu, o Sapateiro. Os dois grupos não se viram naquela noite, porque um acampou em um lado da colina enquanto o outro acampou no lado oposto. Mas na manhã seguinte o Homem Sapo pensou em subir no topo da colina para ver o que havia do outro lado, e ao mesmo tempo a Menina de Retalhos também decidiu subir a colina para descobrir se o castelo de vime era visível de lá. Assim que ela colocou a cabeça acima da beirada, ao mesmo tempo a cabeça do Homem Sapo apareceu do outro lado e ambos, surpresos, ficaram imóveis enquanto olhavam bem um para outro.

Aparas se recuperou do assombro primeiro e, pulando até o topo, deu um mortal e caiu sentada de frente para o grande Homem Sapo, que avançou vagarosamente e se sentou diante dela.

– Olá, estranho! – bradou a Menina de Retalhos, com um grito risonho. – Você é o indivíduo mais engraçado que eu vi em todas as minhas viagens.

– Acha que posso ser mais engraçado que você? – perguntou o Homem Sapo, olhando admirado para ela.

– Não sou engraçada para mim mesma, sabe? – respondeu Aparas. – Queria ser. E talvez você esteja tão acostumado com sua forma absurda que não ri sempre que vê seu reflexo em uma poça ou em um espelho.

– Não – disse o Homem Sapo seriamente –, não rio. Eu costumava ter orgulho do meu enorme tamanho e ser convencido quanto à minha cultura e educação, mas desde que me banhei na Lagoa da Verdade, às vezes acho que não é certo que eu seja diferente dos outros sapos.

– Certo ou errado – disse a Menina de Retalhos –, ser diferente é ser distinto. Agora, no meu caso, eu sou como todas as outras meninas de retalho porque sou a única que existe. Mas, diga-me, de onde você veio?

– Do País dos Yips – disse ele.

– E fica na Terra de Oz?

– É claro que sim – respondeu o Homem Sapo.

– E você sabe que sua governante, Ozma de Oz, foi roubada?

– Não sabia que eu tinha uma governante, então, naturalmente, não poderia saber que ela foi roubada.

– Bem, você tem. Todas as pessoas de Oz são governadas por Ozma, quer saibam ou não – explicou Aparas. – E ela foi roubada. Não está bravo? Não está indignado? Sua governante, que você não sabia que tinha, foi categoricamente roubada!

– Isso é estranho – observou o Homem Sapo, pensativo. – O roubo é praticamente desconhecido em Oz, ainda assim essa Ozma foi levada e uma amiga minha também teve sua bacia roubada. Eu vim com ela desde o País dos Yips para recuperá-la.

– Eu não vejo ligação alguma entre uma governante real de Oz e uma bacia! – afirmou Aparas.

– As duas foram roubadas, não foram?

– Sim. Mas sua amiga não pode lavar os pratos em outra bacia? – perguntou Aparas.

– Por que vocês não podem ter outra governante real? Suponho que preferem aquela que desapareceu e minha amiga quer sua própria bacia, que é feita de ouro e cravejada de diamantes e tem poderes mágicos.

– Magia, é? – exclamou Aparas. – *Esse* é o vínculo entre os dois roubos, pois parece que toda a magia da Terra de Oz foi roubada ao mesmo tempo, quer tenha sido na Cidade das Esmeraldas, no castelo de Glinda ou no país Yip. Parece extremamente estranho e misterioso, não?

– Costumava ser assim para nós –admitiu o Homem Sapo –, mas agora descobrimos quem levou nossa bacia. Foi Ugu, o Sapateiro.

– Ugu? Minha nossa! É o mesmo feiticeiro que achamos que roubou Ozma. Agora estamos a caminho do castelo desse sapateiro.

– Nós também – disse o Homem Sapo.

– Então venha comigo, depressa! E deixe que o apresente a Dorothy e às outras meninas, e também ao Mágico de Oz e ao resto de nós.

Ela ficou de pé em um salto e agarrou a manga do casaco dele, arrastando-o do topo da colina para o lado contrário de onde ele viera. No sopé da montanha, o Homem Sapo ficou admirado por encontrar as três garotas e o Mágico e Botão-Brilhante, que estavam cercados por um Cavalete de madeira, um burro magro, um Woozy quadrado e um Leão Covarde. Um cachorrinho preto correu até o Homem Sapo e o cheirou, mas não conseguiu rosnar para ele.

– Descobri outro grupo que foi roubado – gritou Aparas ao se juntar a eles. – Esse é o líder deles e estão indo ao castelo de Ugu para lutar contra o sapateiro maldoso!

Eles observaram o Homem Sapo com muita curiosidade e interesse e, percebendo que todos os olhos estavam sobre ele, o recém-chegado arrumou sua gravata, alisou seu belo colete e balançou sua bengala com apoio de ouro como se fosse um cavalheiro como qualquer outro.

Os óculos grandes sobre os olhos alteravam bastante seu semblante de sapo e davam a ele uma aparência de culto impressionante. Mesmo acostumada a ver criaturas estranhas na Terra de Oz, Dorothy ficou impressionada ao ver o Homem Sapo. Assim como todos seus companheiros. Totó queria rosnar para ele, mas não conseguia, e não se atrevia a latir. O Cavalete fungou com bastante desprezo, mas o Leão sussurrou para o alazão de madeira: "Aguente essa criatura estranha, meu amigo, e lembre-se de que ele não é mais extraordinário que você. Na verdade, é mais natural um sapo ser grande do que um cavalete estar vivo".

Ao ser questionado, o Homem Sapo contou a eles toda a história da perda da bacia muitíssimo apreciada de Cayke e suas aventuras em busca dela.

Quando ele contou sobre o rei Urso Lavanda e o Ursinho Rosa que podia dizer a você qualquer coisa que deseje saber, seus ouvintes ficaram ansiosos para ver animais tão interessantes.

– Será melhor unir os dois grupos e compartilhar nossos destinos – disse o Mágico –, pois estamos todos realizando a mesma tarefa e será mais fácil desafiar esse feiticeiro sapateiro se formos um só grupo. Sejamos aliados.

– Vou perguntar aos meus amigos – respondeu o Homem Sapo e subiu a colina para encontrar Cayke e os ursos de pelúcia. A Menina de Retalhos o acompanhou, e quando chegaram aonde estava a Cozinheira de Cookies, o Urso Lavanda e o Urso Rosa foi difícil dizer quem estava mais surpreso.

– Minha nossa! – gritou Cayke, falando com a Menina de Retalhos. – Como pode você estar viva?

Aparas encarou os ursos.

– Minha nossa! – repetiu ela. – Vocês são recheados com algodão, assim como eu, e parecem estar vivos. Isso faz eu me sentir envergonhada, pois me orgulhei por muito tempo em ser a única pessoa recheada de algodão viva em Oz.

– Talvez até seja – respondeu o Urso Lavanda –, pois sou recheado com pelo de cavalo da melhor qualidade, assim como o Ursinho Rosa.

– Você tirou uma grande ansiedade da minha mente – declarou a Menina de Retalhos, falando mais alegremente agora. – O Espantalho é recheado de palha e vocês com pelo, então continuo sendo a única e original recheada com algodão!

– Espero ser educado o suficiente para não criticar o algodão, comparando-o com o pelo de cavalo – disse o rei –, já que parece tão satisfeita com ele.

E então o Homem Sapo contou sobre sua conversa com o grupo da Cidade das Esmeraldas e acrescentou que o Mágico de Oz tinha convidado os ursos, Cayke e ele para viajarem todos juntos para o castelo de Ugu, o

Sapateiro. Cayke ficou muito satisfeita, mas o Urso Rei parecia estar sério. Ele colocou o Ursinho Rosa em seu colo, girou a chave em sua lateral e perguntou:

– É seguro nos associarmos com essas pessoas da Cidade das Esmeraldas?

E o Urso Rosa respondeu imediatamente:

Seguro para você e para mim;
Mas outros talvez não fiquem tão seguros assim.

– Não precisamos nos preocupar com esse "talvez" – disse o rei. – Então nos juntaremos com os outros e vamos oferecer-lhes nossa proteção.

Até o Urso Lavanda ficou impressionado ao subir a colina e encontrar o grupo de animais estranhos e pessoas da Cidade das Esmeraldas do outro lado. Os ursos e Cayke foram recebidos muito cordialmente, apesar de Botão-Brilhante ter ficado irritado quando disseram a ele que não podia brincar com o Ursinho Rosa. As três meninas admiraram muitíssimo os ursos de pelúcia, especialmente o cor-de-rosa, que queriam muito segurar.

– Vejam bem – explicou o rei Urso Lavanda, negando o privilégio –, ele é um urso muito valioso, porque sua magia é um guia correto em todas as ocasiões, especialmente se a pessoa estiver em dificuldades. Foi o Urso Rosa que nos disse que Ugu, o Sapateiro, tinha roubado a bacia da Cozinheira de Cookies.

– E a magia do rei é tão maravilhosa quanto a dele – acrescentou Cayke –, porque ela nos mostrou o tal feiticeiro.

– Como ele era? – perguntou Dorothy.

– Ele era horroroso!

– Estava sentado a uma mesa e examinava um livro imenso com três fechos dourados – observou o rei.

– Ora, deve ser o grande livro de registros de Glinda! – exclamou Dorothy. – Se for, prova que Ugu roubou Ozma e toda a magia de Oz junto com ela.

– E a minha bacia – disse Cayke.

E o Mágico acrescentou:

– Isso também prova que ele tem seguido nossas aventuras no livro de registros, e, portanto, sabe que estamos procurando-o e que estamos determinados a encontrá-lo e resgatar Ozma custe o custar.

– Se conseguirmos – acrescentou o Woozy, mas todos fecharam a cara para ele.

A afirmação do Mágico foi tão verdadeira que todos os rostos a sua volta estavam muito sérios, até a Menina de Retalhos soltar uma gargalhada escandalosa.

– Não seria uma piada engraçadíssima se ele *nos* transformasse em prisioneiros também? – perguntou ela.

– Ninguém além de uma Menina de Retalhos louca consideraria *isso* uma piada – resmungou Botão-Brilhante.

E então o rei Urso Lavanda perguntou:

– Vocês gostariam de ver esse sapateiro feiticeiro?

– Ele não perceberia? – questionou Dorothy.

– Não, acho que não.

E aí o rei balançou sua varinha de metal e diante deles surgiu um cômodo no castelo de vime de Ugu. Na parede do cômodo estava o quadro mágico de Ozma e o feiticeiro sentado diante dele. Eles podiam ver o quadro tão bem quanto ele, porque estava de frente para eles, e no quadro aparecia a colina onde eles se encontravam sentados agora, todas as suas formas reproduzidas em miniatura. E, curiosamente, dentro da cena do quadro estava a cena que eles observavam agora, então sabiam que o feiticeiro os observava nesse exato momento no quadro, e que ele também viu tanto ele quanto o aposento ficarem visíveis para as pessoas na colina. Assim, ele sabia muito bem que estavam observando-o enquanto ele os observava.

Como prova disso, Ugu deu um salto de sua cadeira e virou com uma cara fechada na direção deles; mas agora não conseguia mais ver os viajantes que o procuravam, apesar de eles ainda conseguirem vê-lo. Suas ações eram tão distintas, na verdade, que parecia que ele estava realmente na frente deles.

– É apenas um fantasma – disse o Urso Rei. – Não é nem um pouco real, apesar de nos mostrar Ugu exatamente como ele é e nos dizer verdadeiramente o que está fazendo.

– Mas não vejo nada do meu rosnado desaparecido – disse Totó, como se falasse sozinho.

Então a visão desapareceu e eles não conseguiam ver mais nada além da grama e das árvores e arbustos em volta deles.

A CONFERÊNCIA

– Agora vamos discutir esse assunto e decidir o que fazer quando chegarmos ao castelo de vime de Ugu – disse o Mágico. – Não há dúvidas de que o sapateiro é um feiticeiro poderoso e que seus poderes aumentaram cem vezes desde que pegou o grande livro de registros, o quadro mágico, todas as receitas de feitiços de Glinda e a minha maleta preta, que estava repleta de ferramentas mágicas. O homem que conseguiu roubar todas essas coisas, e o homem que tem todos esses poderes sob seu comando, é alguém que pode se provar difícil de combater; portanto, devemos planejar muito bem nossas ações antes de nos aventurarmos perto demais de seu castelo.

– Não vi Ozma no quadro mágico – disse Trot. – O que acha que Ugu fez com ela?

– O Ursinho Rosa não consegue nos dizer o que ele fez com Ozma? – perguntou Botão-Brilhante.

– Claro que sim – respondeu o rei Urso Lavanda. – Vou perguntar a ele.

Ele virou a chave na lateral do Ursinho Rosa e perguntou:

– Ugu, o Sapateiro, roubou Ozma de Oz?

– Sim – respondeu o Ursinho Rosa.

– E o que fez com ela? – perguntou o rei.

– Prendeu-a em um lugar escuro – respondeu o Ursinho Rosa.

– Oh, deve ser em uma masmorra! – gemeu Dorothy, horrorizada. – Que terrível!

– Bem, precisamos tirá-la de lá – disse o Mágico. – Foi por isso que viemos e devemos resgatar Ozma. Mas como?

Cada um deles olhou para o outro procurando uma resposta e todos balançaram a cabeça de uma forma séria e desanimadora. Todos menos Aparas, que dançava alegremente ao redor deles.

– Vocês estão com medo – disse a Menina de Retalhos – porque tantas coisas podem machucar seus corpos de carne. Por que não desistem e voltam para casa? Como podem combater um grande feiticeiro quando não têm nada com o que o combater?

Dorothy olhou pensativamente para ela.

– Aparas – disse ela –, você sabe que Ugu não conseguiria machucá-la nem um pouco, independentemente do que fizesse; também não conseguiria me machucar porque uso o cinto mágico do Rei Nomo. E se fôssemos só nós duas e deixássemos os outros aqui nos esperando?

– Não, não! – disse o Mágico categoricamente. – Isso não vai funcionar. Ozma é mais poderosa que vocês, e mesmo assim não conseguiu derrotar o maligno Ugu, que a prendeu em uma masmorra. Devemos ir como um grupo poderoso até o Sapateiro, pois apenas na união existe força.

– Esse é um conselho excelente – disse o Urso Lavanda, aprovando.

– Mas o que podemos fazer quando alcançarmos Ugu? – perguntou a Cozinheira de Cookies ansiosamente.

– Não espere uma resposta imediata para essa pergunta tão importante – respondeu o Mágico –, já que devemos primeiramente planejar nossa linha de conduta. Ugu sabe que estamos atrás dele, naturalmente, já que nos viu chegando no quadro mágico, e leu tudo o que fizemos até o momento no grande livro de registros. Assim, não podemos esperar pegá-lo de surpresa.

– Não acha que Ugu seria razoável? – perguntou Betsy. – Se explicarmos a ele quão maldoso ele tem sido, não acha que ele deixaria a pobre Ozma ir embora?

– E me devolveria minha bacia? – acrescentou a Cozinheira de Cookies ansiosamente.

– Sim, sim; não vai dizer que sente muito, se ajoelhar e pedir nosso perdão? – gritou Aparas, virando uma cambalhota para mostrar o seu desprezo com a sugestão. – Quando Ugu, o Sapateiro, fizer isso, por favor bata à minha porta para me avisar.

O Mágico suspirou e esfregou sua cabeça careca com um ar intrigado.

– Estou certo de que Ugu não será educado conosco – disse –, então devemos vencer esse feiticeiro cruel com a força, por mais que não gostemos de ser rudes com as pessoas. Mas ninguém sugeriu ainda uma forma de fazer isso. O Ursinho Rosa não poderia nos dizer? – perguntou ele, virando-se para o Urso Rei.

– Não, pois é algo que *vai* acontecer – respondeu o Urso Lavanda. – Ele só pode nos dizer o que *já* aconteceu.

Eles ficaram mais uma vez sérios e pensativos. Mas depois de um tempo, Betsy disse com uma voz hesitante:

– Hank luta muito bem; talvez *ele* consiga vencer o feiticeiro.

O burro virou a cabeça para olhar com reprovação para sua velha amiga, a garotinha.

– Quem consegue lutar contra magia? – perguntou ele.

– O Leão Covarde conseguiria – disse Dorothy.

O Leão, que estava deitado com as patas dianteiras esticadas, com o queixo apoiado nas patas, levantou a cabeça peluda.

– Posso lutar quando não estou com medo – disse calmamente –, mas a simples menção de uma luta me deixa tremendo.

– A magia de Ugu não poderia machucar Cavalete – sugeriu a pequenina Trot.

– E o Cavalete não poderia machucar o feiticeiro – declarou o animal de madeira.

– Da minha parte – disse Totó –, sou inofensivo, já que perdi meu rosnado.

– Então, estamos dependendo do Homem Sapo – disse Cayke, a Cozinheira de Cookies. – Sua sabedoria maravilhosa certamente vai informá-lo como vencer o feiticeiro maligno e me devolver minha bacia.

Todos os olhos questionadores se viraram agora para o Homem Sapo. Encontrando-se no centro das atenções, ele balançou sua bengala com apoio de ouro, arrumou seus grandes óculos e depois de encher o peito, suspirou e disse com um tom de voz modesto:

– Por respeitar a verdade, sou obrigado a confessar que Cayke está enganada quanto à minha sabedoria superior. Nem tenho experiência em vencer feiticeiros. Mas consideremos a situação. O que é Ugu e o que é um feiticeiro? Ugu é um sapateiro renegado e um feiticeiro é um homem comum que, após aprender a fazer truques mágicos, acha que está acima de seus semelhantes. Nesse caso, o Sapateiro foi maldoso o suficiente para roubar vários instrumentos mágicos e coisas que não lhe pertenciam, e roubar é pior do que ser um feiticeiro. Mesmo com todas as artes sob seu controle, Ugu ainda é um homem, e certamente existem formas de vencer um homem. Como, dizem vocês, como? Permitam-me dizer que eu não sei. Na minha opinião, não podemos decidir a melhor forma de agir até chegarmos até o castelo de Ugu. Então vamos até lá dar uma olhada. Depois disso poderemos ter uma ideia que nos leve à vitória.

– Pode não ter sido um discurso sábio, mas soou muito bom – disse Dorothy com aprovação. – Ugu, o Sapateiro, não é um homem comum, e sim um homem maldoso e cruel que merece ser vencido. Não devemos ter nem um pouco de misericórdia até que Ozma seja liberta. Vamos até seu castelo, como diz o Homem Sapo, e ver como é o lugar.

Ninguém ofereceu objeção alguma a esse plano, então ele foi adotado. Eles levantaram o acampamento e estavam quase começando a jornada até o castelo de Ugu, quando descobriram que Botão-Brilhante havia se perdido novamente. As garotas e o Mágico gritaram seu nome, o Leão rugiu, o burro zurrou. O Homem Sapo coaxou e o grande Urso Lavanda rosnou (para a inveja de Totó que não conseguia mais rosnar, mas latiu o mais alto que conseguia), ainda assim nenhum deles conseguiu fazer Botão-Brilhante ouvir. Depois de procurarem o garoto em vão por uma hora, formaram uma fila e foram em direção ao castelo de vime de Ugu, o Sapateiro.

– Botão-Brilhante está sempre se perdendo – disse Dorothy. – E se não estivesse sempre sendo encontrado de novo, eu provavelmente me preocuparia. Ele pode ter ido na frente, pode ter voltado; mas onde quer que esteja, nós o encontraremos em algum momento e em algum lugar, tenho quase certeza.

UGU, O SAPATEIRO

Uma coisa curiosa a respeito de Ugu, o Sapateiro, é que ele não tinha sequer a menor suspeita de que era maligno. Ele queria ser poderoso e grandioso e esperava se tornar o mestre de toda a Terra de Oz, de ser capaz de compelir todos naquele país das fadas a obedecê-lo. Sua ambição o deixava cego quanto aos direitos dos outros e ele imaginava que qualquer um agiria da mesma forma se fossem tão espertos quanto ele.

Quando morava em sua sapataria na cidade de Herku, ele estava infeliz, pois um sapateiro não é muito respeitado, e Ugu sabia que seus ancestrais tinham sido feiticeiros famosos por muitos séculos, portanto, sua família estava acima do comum. Até mesmo seu pai praticava magia, quando Ugu era um garoto; mas seu pai se afastara de Herku e nunca voltara. Então, quando Ugu cresceu, ele foi forçado a fazer sapatos para ganhar a vida, sem saber coisa alguma sobre a magia de seus antepassados. Mas um dia, mexendo no sótão de sua casa, ele encontrou todos os livros de receitas mágicas e vários instrumentos mágicos que já tinham sido usados por sua família. A partir daquele dia ele parou de fazer sapatos e começou a estudar magia. Finalmente, ele desejou ser o maior feiticeiro em Oz, e passou dias e semanas e meses pensando em um plano para deixar todos os outros feiticeiros e mágicos, assim como todos aqueles com poderes de fada, indefesos para enfrentá-lo.

Com os livros de seus ancestrais, ele aprendeu os seguintes fatos:

1. Que Ozma de Oz era a governante fada da Cidade das Esmeraldas e da Terra de Oz, e que ela não podia ser destruída por qualquer magia já inventada. Além disso, ela conseguiria descobrir, consultando seu quadro mágico, qualquer um que se aproximasse do palácio real com a intenção de conquistá-lo.
2. Que Glinda, a Boa, era a bruxa mais poderosa de Oz, e que entre seus objetos mágicos ela tinha o grande livro de registros, que dizia a ela tudo o que acontecia em qualquer lugar do mundo. Esse livro de registros era muito perigoso para o plano de Ugu, e como Glinda estava a serviço de Ozma, usaria suas artes de bruxaria para proteger a garota governante.
3. Que o Mágico de Oz, que vivia no palácio de Ozma, tinha aprendido muitas magias poderosas com Glinda e tinha uma maleta de ferramentas mágicas com as quais poderia vencer o Sapateiro.
4. Que existia em Oz, no País dos Yips, uma bacia preciosa feita de ouro que possuía fantásticos poderes mágicos. Com uma palavra mágica, que Ugu aprendeu no livro, a bacia cresceria o suficiente para um homem sentar-se dentro dela. E que, quando segurasse as duas alças de ouro, a bacia o transportaria em um instante para qualquer lugar que desejasse ir dentro da Terra de Oz.

Ninguém ainda vivo, exceto Ugu, sabia dos poderes da bacia mágica; assim, depois de muito estudar, o Sapateiro decidiu que se conseguisse pegar a bacia, ele poderia, com seus poderes, roubar toda a magia de Ozma, Glinda e do Mágico de Oz, tornando-se assim a pessoa mais poderosa de toda aquela terra.

Seu primeiro ato foi sair da cidade de Herku e construir o castelo de vime para si, nas colinas. Ele levou seus livros e instrumentos mágicos para lá e praticou diligentemente por um ano todas as artes mágicas aprendidas com seus ancestrais. No fim daquele período, ele conseguia fazer um bocado de coisas maravilhosas.

Assim, quando tinha terminado seus preparativos, ele foi para o País dos Yips e, subindo a montanha íngreme durante a noite, entrou na casa de Cayke, a Cozinheira de Cookies, e roubou sua bacia de ouro cravejada de diamantes enquanto todos os yips dormiam. Levando seu prêmio para o lado de fora, colocou a bacia no chão e disse a palavra mágica necessária. A bacia instantaneamente ficou do tamanho de uma banheira grande e Ugu se sentou dentro dela e agarrou as duas alças. Ele então desejou estar dentro da grande sala de visitas de Glinda, a Boa.

Ele chegou lá num instante. Primeiro, pegou o grande livro de registros e colocou-o na bacia. Depois, foi ao laboratório de Glinda, pegou todos os compostos químicos raros e os instrumentos de bruxaria, colocando-os também na bacia, que fez ficar grande o suficiente para caber tudo.

Depois, sentou-se no meio dos tesouros que tinha roubado e desejou que estivesse no aposento que o Mágico ocupava no palácio de Ozma e onde ele deixava sua maleta de instrumentos mágicos. Ugu adicionou essa maleta ao seu saque e desejou que estivesse nos aposentos de Ozma.

Ali ele primeiro tirou o quadro mágico da parede e depois pegou todas as outras coisas mágicas de Ozma. Colocando todas essas coisas na bacia, ele estava quase entrando nela quando olhou para cima e viu Ozma de pé ao seu lado. Seu instinto de fada tinha a avisado de que havia algum perigo ameaçando-a, então a bela garota governante levantou-se de seu sofá e saiu do quarto imediatamente para confrontar o ladrão.

Ugu precisou pensar rápido, pois percebeu que se permitisse que Ozma acordasse os moradores do palácio, todos seus planos e sucessos atuais provavelmente não significariam nada. Assim, jogou um cachecol sobre a cabeça da garota, para que ela não gritasse, e empurrou-a para dentro da bacia, amarrando-a bem apertado, para que não pudesse se mexer. Depois disso, ele entrou do lado dela e desejou estar em seu castelo de vime. A bacia mágica chegou lá em um instante, com tudo dentro, e Ugu esfregou as mãos com alegria triunfante, percebendo que agora possuía toda a magia importante na Terra de Oz e poderia forçar todos os habitantes daquela terra das fadas a fazer o que ele quisesse.

Sua jornada aconteceu tão rapidamente, que antes do amanhecer o feiticeiro ladrão tinha trancado Ozma em uma sala, tornando-a sua prisioneira, e tinha arrumado todos os seus bens roubados. No dia seguinte, ele colocou o livro de registros em sua mesa, pendurou o quadro mágico em sua parede e guardou todos os elixires e compostos mágicos em seus armários e gavetas. Ele poliu e arrumou os instrumentos mágicos, e todo esse trabalho fascinante o deixou muito feliz. A única coisa que o preocupava agora era Ozma. A governante aprisionada ora chorava, ora repreendia o Sapateiro, ameaçando-o arrogantemente com punições horríveis pelas coisas maldosas que tinha feito. Ugu ficou com um pouco de medo de sua prisioneira fada, apesar de achar que tinha roubado todos os seus poderes; assim, fez um feitiço que rapidamente sumiu com ela e a colocou longe de seus olhos e ouvidos. Depois disso, ocupando-se com outras coisas, logo se esqueceu dela.

Mas agora, depois de olhar o quadro mágico e ler o grande livro de registros, o Sapateiro percebeu que sua maldade não ficaria impune. Duas expedições importantes saíram em busca dele para forçá-lo a devolver sua propriedade roubada. Uma era o grupo liderado pelo Mágico e Dorothy, enquanto a outra era formada por Cayke e o Homem Sapo. Outras pessoas também o procuravam, mas não nos lugares certos. Entretanto, esses dois grupos iam na direção do castelo de vime e Ugu começou a planejar o melhor jeito de enfrentá-los e acabar com seus esforços de vencê-lo.

MAIS SURPRESAS

Durante todo aquele primeiro dia depois da união dos dois grupos, nossos amigos marcharam continuamente para o castelo de vime de Ugu, o Sapateiro. Quando a noite chegou, eles acamparam em um pequeno arvoredo e passaram uma noite agradável juntos, apesar de alguns deles estarem preocupados porque Botão-Brilhante ainda estava desaparecido.

– Talvez esse sapateiro que roubou meu rosnado, e que roubou Ozma, também tenha roubado Botão-Brilhante – disse Totó quando os animais se deitaram juntos para passar a noite.

– Como sabe que o Sapateiro roubou seu rosnado? – indagou o Woozy.

– Ele roubou todas as outras coisas de valor de Oz, não foi? – respondeu o cachorro.

– Ele pode ter roubado tudo o que queria – concordou o Leão –, mas o que alguém poderia querer com seu rosnado?

– Bem – disse o cachorro, balançando seu rabo lentamente –, pelo que me lembro é um rosnado maravilhoso, suave e baixo e... e...

– E bastante irregular – disse o Cavalete.

– Assim – continuou Totó –, se aquele feiticeiro não tinha seu próprio rosnado, podia querer o meu e o roubou.

– E, se o tiver roubado, logo vai desejar que não tivesse – observou o burro. – Além disso, se tiver roubado Botão-Brilhante vai se arrepender.

– Você não gosta do Botão-Brilhante? – perguntou o Leão com surpresa.

– Não é uma questão de gostar – respondeu o burro. – É uma questão de ficar observando-o e procurando-o. Não é bom ter por perto qualquer garoto que preocupe tanto seus amigos. *Eu* nunca me perco.

– Caso se perdesse, ninguém se preocuparia nem um pouco – disse Totó. – Acho que Botão-Brilhante é um garoto bem sortudo, porque sempre o encontram.

– Vejam bem – disse o Leão –, toda essa conversa está nos mantendo acordados e amanhã provavelmente será um dia cheio. Durmam logo e esqueçam essas brigas.

– Caro amigo Leão – retrucou o cachorro –, se eu não tivesse perdido meu rosnado, você o ouviria agora. Tenho tanto direito de falar quanto você de dormir.

O Leão suspirou.

– Se tivesse perdido sua voz junto com seu rosnado – disse ele –, seria uma companhia bem mais agradável.

Mas eles se aquietaram depois disso, e logo todo o acampamento estava dormindo.

Na manhã seguinte, eles começaram cedo, mas mal tinham seguido por uma hora quando, ao subirem uma pequena elevação, viram uma montanha baixa a distância, no topo da qual estava o castelo de vime de Ugu. Era uma construção bem grande e bastante bonita, porque os lados, tetos e abóbadas eram de um vime bem trançado, como o de cestas bem finas.

– Será que é resistente? – disse Dorothy divagando, enquanto olhava o castelo estranho.

– Deve ser, já que foi construído por um feiticeiro – respondeu o Mágico. – Protegido por magia, até um castelo de papel pode ser tão forte quanto um feito de pedra. Esse Ugu deve ser um homem com muitas ideias, porque faz as coisas de um modo diferente das outras pessoas.

– Sim; ninguém mais roubaria nossa querida Ozma – suspirou a pequenina Trot.

– Eu me pergunto se Ozma está ali – disse Betsy, indicando o castelo com um aceno da cabeça.

– Onde mais poderia estar? – perguntou Aparas.

– Acho que deveríamos perguntar ao Urso Rosa – sugeriu Dorothy.

Isso parecia uma boa ideia, então pararam a procissão e o Urso Rei segurou o Urso Rosa em seu colo, girou a chave na lateral dele e perguntou:

– Onde está Ozma de Oz?

E o Ursinho Rosa respondeu:

– Ela está em um buraco no chão, a quase um quilômetro, à sua esquerda.

– Minha nossa! Ela nem está no castelo de Ugu! – exclamou Dorothy.

– Foi muita sorte termos feito essa pergunta – disse o Mágico –, pois se encontrarmos Ozma e a resgatarmos, não haverá necessidade de lutar contra aquele feiticeiro maldoso e perigoso.

– Francamente! – disse Cayke. – E a minha bacia?

O Mágico pareceu intrigado com seu tom de repreensão, então ela acrescentou:

– Vocês, pessoas da Cidade das Esmeraldas, não prometeram que ficaríamos todos juntos e que me ajudariam a recuperar minha bacia se eu ajudasse vocês a recuperarem sua Ozma? E eu não trouxe até vocês o Ursinho Rosa que disse onde Ozma está escondida?

– Ela está certa – disse Dorothy para o Mágico. – Devemos fazer o que foi combinado.

– Bem, primeiramente, vamos resgatar Ozma – propôs o Mágico. – Assim, nossa amada Governante pode nos dar algum conselho para vencer Ugu, o Sapateiro.

Eles então se viraram para a esquerda e marcharam por quase um quilômetro até chegarem a um buraco pequeno mas fundo no chão. Imediatamente todos eles correram até a beira para olhar lá dentro, mas em vez de encontrarem a Princesa Ozma ali, tudo o que viram foi Botão-Brilhante que dormia no fundo.

Seus gritos logo acordaram o garoto, que se sentou e esfregou os olhos. Quando reconheceu seus amigos, ele sorriu docemente, dizendo "Fui encontrado de novo!"

– Onde está Ozma? – perguntou Dorothy ansiosamente.

– Não sei – respondeu Botão-Brilhante de dentro do buraco. – Eu me perdi ontem, como devem se lembrar, e durante a noite, enquanto eu vagava sob a luz do luar tentando achar o caminho de volta para vocês, eu repentinamente caí nesse buraco.

– E Ozma não estava aí?

– Não havia ninguém aqui além de mim, e achei ruim não estar completamente vazio. Os lados são tão íngremes que não consigo sair, então não restava nada a fazer a não ser dormir até alguém me encontrar. Obrigado por virem. Se puderem baixar uma corda, sairei daqui rapidinho.

– Que estranho! – disse Dorothy bastante decepcionada. – Está claro que o Urso Rosa não nos disse a verdade.

– Ele nunca erra – declarou o rei Urso Lavanda, em um tom que mostrava que ficara magoado. Então, ele girou a chave do Ursinho Rosa novamente e perguntou – Ozma de Oz está nesse buraco?

– Sim – respondeu o Urso Rosa.

– Isso resolve o assunto – disse o rei, categórico. – A Ozma de vocês está nesse buraco.

– Não seja bobo – disse Dorothy, impaciente. – Até seus olhos de conta podem ver que não há ninguém no buraco além de Botão-Brilhante.

– Talvez Botão-Brilhante seja Ozma – sugeriu o rei.

– E talvez não seja! Ozma é menina e Botão-Brilhante é menino.

– Seu Urso Rosa não deve estar funcionando – disse o Mágico –, pelo menos dessa vez o mecanismo dele fez com que não dissesse a verdade.

O Urso Rei ficou com tanta raiva dessa afirmação que deu as costas, segurando o Urso Rosa, e se recusou a discutir mais o assunto.

– De qualquer forma – disse o Homem Sapo –, o Urso Rosa nos levou até seu amigo e possibilitou seu resgate.

Aparas estava se inclinando tanto sobre o buraco, tentando achar Ozma dentro dele, que ela repentinamente perdeu o equilíbrio e caiu lá dentro de cabeça. Ela caiu em cima de Botão-Brilhante e o derrubou, mas ele não se machucou com o corpo recheado macio e apenas riu do acidente. O Mágico juntou algumas tiras e jogou uma das pontas no buraco, e logo tanto Aparas quanto o garoto tinham subido e estavam seguros ao lado dos outros.

Eles procuram por Ozma mais uma vez, mas o buraco estava completamente vazio.

Era um buraco redondo, então de cima eles conseguiam ver claramente todas as partes dele. Antes de saírem de lá, Dorothy foi até o Urso Rei e disse:

– Sinto muito por não termos acreditado no que o Ursinho Rosa disse, porque não queremos fazer você se sentir mal por duvidarmos dele. Deve ter um engano, em algum lugar, e provavelmente só não entendemos exatamente o que o Ursinho Rosa quis dizer. Você me deixa fazer-lhe mais uma pergunta?

O rei Urso Lavanda era um urso bondoso, considerando como foi recheado e articulado, então aceitou a desculpa de Dorothy e virou a chave, permitindo que a garotinha fizesse a pergunta para seu pequenino Urso Rosa.

– A Ozma está *realmente* nesse buraco? – perguntou Dorothy.

– Não – disse o Ursinho Rosa.

Isso surpreendeu a todos. Até mesmo o Urso Rei estava intrigado agora pelas declarações contraditórias do seu oráculo.

– Onde ela *está*? – perguntou o rei.

– Aqui, no meio de vocês – respondeu o Ursinho Rosa.

– Bem – disse Dorothy –, realmente não entendi nada! Acho que o Ursinho Rosa enlouqueceu.

– Talvez Ozma esteja invisível –gritou Aparas, que estava dando estrelinhas rapidamente em volta do grupo perplexo.

– Mas é claro! – exclamou Betsy. – Isso resolveria tudo.

– Bem, eu percebi que as pessoas podem falar, mesmo quando ficam invisíveis – disse o Mágico. E, então, ele olhou a sua volta e disse com uma voz solene: – Ozma, você está aqui?

Ninguém respondeu. Dorothy fez a mesma pergunta, assim como Botão-Brilhante, Trot e Betsy; mas nenhum deles recebeu uma resposta sequer.

– É estranho… Horrivelmente estranho! – murmurou Cayke, a Cozinheira de Cookies. – Eu tinha certeza de que o Ursinho Rosa sempre dizia a verdade.

– Ainda acredito na honestidade dele – disse o Homem Sapo, e esse tributo agradou tanto o Urso Rei que ele deu um olhar agradecido a esses dois últimos comentários, mas ainda olhava com desprezo para os outros.

– Pensando nisso – observou o Mágico –, Ozma não poderia estar invisível, pois ela é uma fada, e fadas não podem ficar invisíveis contra sua vontade. Naturalmente, ela poderia estar presa pelo feiticeiro, ou até mesmo encantada, ou transformada, apesar de seus poderes de fada; mas Ugu não poderia deixá-la invisível com qualquer magia que tenha.

– Será que ela foi transformada no Botão-Brilhante? – disse Dorothy, com nervosismo. Ela então olhou fixamente para o menino e disse – Você é a Ozma? Diga-me a verdade!

Botão-Brilhante riu.

– Está ficando abalada, Dorothy – respondeu ele. – Não tem nada que possa *me* encantar. Se eu fosse Ozma, você acha que teria caído no buraco?

– De todo modo – disse o Mágico –, Ozma nunca tentaria enganar seus amigos ou impedir que a reconhecessem, em qualquer forma que estivesse. O enigma continua sendo enigmático, então vamos para o castelo de vime e perguntar ao próprio feiticeiro. Já que foi ele que roubou nossa Ozma, Ugu é quem deve nos dizer onde a encontrar.

MAGIA CONTRA MAGIA

Foi um bom conselho que o Mágico deu, então eles foram novamente na direção da montanha baixa, no topo da qual o castelo de vime tinha sido construído. Eles avançaram sobre a colina gradualmente, então a elevação parecia mais um montinho arredondado do que uma montanha. Mesmo assim, os lados do montinho estavam escorregadios e cobertos de grama verde, por isso eles ainda tinham uma subida difícil diante deles.

Intrépidos, eles continuaram e tinham quase chegado ao montinho, quando repentinamente perceberam que ele estava cercado por um círculo de chamas. No começo, as chamas mal ficavam acima do chão, mas em pouco tempo se tornaram cada vez mais altas, até que um círculo de labaredas mais alto que qualquer um deles cercava completamente a colina em que estava o castelo de vime.

Quando se aproximaram das chamas, o calor era tão intenso que precisaram voltar.

– Nunca vai dar certo para mim! – exclamou a Menina de Retalhos. – Pego fogo muito facilmente.

– Não vai dar certo para mim também – resmungou o Cavalete, trotando para o fundo.

– Também evito o fogo – disse o Urso Rei, seguindo Cavalete para uma distância segura, abraçando o Ursinho Rosa com suas patas.

– Suponho que o tolo Sapateiro imagine que essas chamas vão nos parar – observou o Mágico, com um sorriso de desprezo para Ugu. – Mas posso dizer a vocês que esse é um simples truque de mágica que o ladrão roubou de Glinda, a Boa, e por sorte eu sei como destruir as chamas, assim como também sei produzi-las. Algum de vocês poderia me dar um fósforo, por gentileza?

Certamente, as garotas não andavam com fósforos. Nem o Homem Sapo, Cayke ou qualquer um dos animais. Mas Botão-Brilhante, depois de procurar cuidadosamente em seus bolsos, que tinham todo tipo de coisas úteis e inúteis, finalmente apareceu com um fósforo e o deu para o Mágico, que o amarrou na ponta de um galho que ele arrancou de uma pequena árvore. Depois, o pequeno Mágico cuidadosamente acendeu o fósforo, correu para a frente e jogou-o na chama mais próxima. O círculo de chamas começou a morrer e logo desapareceu completamente, deixando o caminho livre para seguirem em frente.

– Isso foi divertido! – riu Botão-Brilhante.

– Sim – concordou o Mágico. – Parece estranho que um fósforo pequenino possa destruir um círculo de fogo tão grande, mas quando Glinda inventou esse truque, ela acreditava que ninguém pensaria que um fósforo seria um remédio para o fogo. Acho que até mesmo Ugu não sabe como conseguimos apagar as chamas de sua barreira, já que apenas Glinda e eu sabemos o segredo. O livro mágico de Glinda, que Ugu roubou, ensinou-o a fazer as chamas, mas não como apagá-las.

Eles se enfileiraram e continuaram avançando pela encosta da colina; mas não tinham progredido muito quando uma muralha de aço subiu diante deles, com sua superfície coberta por pontas afiadas e brilhantes que mais pareciam adagas. A muralha cercava completamente o castelo de vime e suas pontas afiadas impediam qualquer um de escalá-la. Até mesmo a Menina de Retalhos ficaria completamente rasgada se tentasse.

– Ah! – exclamou o Mágico alegremente. – Ugu agora está usando um dos meus próprios truques contra mim. Mas esse é mais sério do que a

Barreira de Fogo, porque a única forma de destruir a muralha é chegar ao outro lado dela.

– E como faremos isso? – perguntou Dorothy.

O Mágico olhou pensativamente para seu grupo e seu rosto expressou preocupação.

– É uma muralha bem alta – observou tristemente. – Tenho quase certeza de que o Leão Covarde não conseguiria saltar sobre ela.

– Tenho certeza disso também! – disse o Leão, tremendo de medo. – Se eu tolamente tentasse esse salto, ficaria preso nessas pontas horrorosas.

– Acho que eu conseguiria, senhor – disse o Homem Sapo, curvando-se para o Mágico. – É um salto de um lugar mais baixo, assim como um salto bem alto, mas meus amigos no País dos Yips me consideram um bom saltador e acredito que um salto bastante forte vai me levar para o outro lado.

– Tenho certeza de que sim – concordou a Cozinheira de Cookies.

– Salto, como sabem, é uma façanha muito ligada aos sapos – continuou modestamente o Homem Sapo. – Mas por favor me diga o que devo fazer ao chegar do outro lado da muralha.

– Você é uma criatura bem corajosa – disse o Mágico, admirado. – Alguém tem um alfinete?

Betsy tinha um e o deu a ele.

– Você só precisa enfiar esse alfinete no outro lado da muralha – disse o Mágico para o Homem Sapo, entregando o alfinete.

– Mas a muralha é de aço! – exclamou o grande sapo.

– Eu sei; pelo menos *parece* ser de aço; mas faça como eu disse. Enfie o alfinete na muralha e ela desaparecerá.

O Homem Sapo tirou seu belo casaco e dobrou-o cuidadosamente, colocando-o sobre a grama. Ele então tirou seu chapéu e colocou-o, juntamente com sua bengala com apoio de ouro, ao lado do casaco. Voltou deu alguns passos para trás e deu três saltos poderosos, bem rapidamente. Os dois primeiros o levaram até a muralha e o terceiro salto fez com que subisse tanto que passou tranquilamente sobre ela, para a surpresa de todos. Por um curto período de tempo, ele sumiu das vistas de todos, mas quando obedeceu à instrução do Mágico e enfiou o alfinete na muralha, a barreira enorme desapareceu e mostrou a eles a forma do Homem Sapo, que foi agora até onde estava seu casaco e o vestiu novamente.

– Nós o agradecemos muitíssimo – disse o Mágico radiante. – Esse foi o salto mais incrível que já vi e nos salvou de sermos derrotados pelo inimigo. Vamos depressa para o castelo antes que Ugu, o Sapateiro, pense em outra forma de nos parar.

– Ele deve ter se surpreendido conosco até agora – afirmou Dorothy.

– Sim, de fato. Esse homem sabe muitas magias, todos os nossos truques e alguns dele mesmo – respondeu o Mágico. – Portanto, se tiver metade da esperteza que deveria ter, ainda teremos problemas com ele.

Ele mal terminou de dizer essas palavras e um regimento de soldados marchou pelos portões do castelo de vime, todos vestidos com uniformes coloridos com lanças pontudas e machados de batalha afiados. Esses soldados eram todos garotas, e os uniformes eram minissaias de cetim amarelo e preto, sapatos dourados, faixas de ouro em suas testas e colares de joias brilhantes. Suas jaquetas eram escarlates, trançadas com cordões de prata. Havia centenas dessas garotas-soldados, e eram mais terríveis do que belas, com a aparência forte e feroz. Elas formaram um círculo em volta do castelo e se viraram para fora, suas lanças apontadas para os invasores e seus machados de batalha por cima dos ombros, prontos para o combate.

Nossos amigos pararam imediatamente, pois não esperavam essa tenebrosa formação de soldados. O Mágico parecia intrigado e seus companheiros trocaram olhares desesperançosos.

– Não fazia ideia de que Ugu tinha um exército desses – disse Dorothy. – O castelo não parece grande o suficiente para abrigar todas elas.

– E não é – afirmou o Mágico.

– Mas elas marcharam de dentro dele.

– Foi o que pareceu; mas não acho que seja um exército de verdade. Se Ugu, o Sapateiro, tivesse tantas pessoas assim morando com ele, tenho certeza de que o Tzarsobre de Herku teria mencionado esse fato.

– São só garotas! – riu Aparas.

– As garotas são os soldados mais fervorosos de todos – declarou o Homem Sapo. – São mais corajosas que os homens e controlam melhor os nervos. Provavelmente é por isso que o feiticeiro as usa como soldados e as mandou para nos enfrentar.

Ninguém discutiu com essa afirmação, pois estavam todos encarando a fila de soldados, que agora, assumindo uma posição desafiadora, permanecia imóvel.

– Temos aqui um truque de mágica que é novo para mim – admitiu o Mágico depois de um tempo. – Não acredito que o exército seja real, mas as lanças podem ser afiadas o suficiente para nos furar, então devemos ter cuidado. Vamos usar o tempo necessário para pensar como enfrentar essa dificuldade.

Enquanto pensavam no assunto, Aparas dançava cada vez mais perto da linha de garotas-soldados. Seus olhos de botão às vezes viam mais do que os olhos naturais de seus companheiros, e após encarar bastante o exército do feiticeiro, ela avançou audaciosamente e atravessou dançando a linha ameaçadora! Já do outro lado, ela balançou seus braços recheados e gritou:

– Venham, meus amigos. As lanças não podem machucá-los.

– Ah! – disse o Mágico, alegremente. – Uma ilusão de ótica, como imaginei. Vamos seguir a Menina de Retalhos.

As três garotinhas estavam um pouco nervosas para enfrentar as lanças e os machados, mas depois que os outros atravessaram a linha em segurança, elas tiveram a coragem de segui-los. E, quando todos passaram pelas tropas de garotas, o exército inteiro desapareceu de vista.

Durante todo esse tempo nossos amigos estiveram avançando por sobre a colina e se aproximando do castelo de vime. Agora, enquanto prosseguiam, esperavam que algo mais entrasse em seu caminho, mas para sua surpresa nada aconteceu e em pouco tempo chegaram aos portões de vime, que estavam abertos, e com muita coragem entraram nos domínios de Ugu, o Sapateiro.

NO CASTELO DE VIME

Assim que o Mágico de Oz e seus seguidores passaram pela entrada do castelo, os grandes portões se fecharam com um estrondo e barras pesadas caíram diante deles. Eles olharam inquietos uns para os outros, mas ninguém queria falar sobre o incidente. Se realmente eram prisioneiros no castelo de vime, precisavam encontrar uma forma de escapar, mas a primeira obrigação deles era continuar na tarefa que os trouxera até ali e procurar a Ozma Real, que achavam ser uma prisioneira do feiticeiro, e resgatá-la.

Eles perceberam que tinham entrado em um pátio quadrado, com uma entrada que levava à construção principal do castelo. Ninguém aparecera para recebê-los até agora, apesar de um pavão espalhafatoso, empoleirado na parede, rir cacarejando e dizer com sua voz aguda e estridente: "Pobres tolos! Pobres tolos!"

– Espero que esse pavão esteja enganado – observou o Homem Sapo, mas ninguém mais prestou atenção no pássaro. Estavam um pouco impressionados pela quietude e solidão do lugar.

Ao entrarem pelas portas do castelo, que estavam abertas e convidativas, elas também se fecharam atrás deles e ferrolhos as trancaram. Todos os animais tinham acompanhado o grupo para dentro do castelo, porque acharam que seria perigoso se separarem. Eles foram forçados a seguir por uma passagem em zigue-zague, virando de um lado para o outro, até finalmente chegarem a um grande saguão central, com o formato circular e uma abóbada bem alta de onde pendia um candelabro enorme.

O Mágico foi na frente e Dorothy, Betsy e Trot seguiram-no, Totó nos calcanhares de sua pequena dona. Logo depois vieram o Leão, o Woozy e o Cavalete; atrás deles, Cayke, a Cozinheira de Cookies, e Botão-Brilhante; em seguida, o Urso Lavanda carregando o Urso Rosa e finalmente o Homem Sapo e a Menina de Retalhos, com Hank, o burro, fechando a procissão. Assim, foi o Mágico que viu primeiro o saguão abobadado, mas os outros seguiram-no rapidamente e se juntaram em um grupo admirado logo na entrada.

Em uma plataforma elevada em um dos lados havia uma mesa maciça sobre a se encontrava estava o grande livro de registros de Glinda; mas a plataforma estava presa firmemente ao chão, a mesa estava presa na plataforma e o livro acorrentado na mesa, assim como estivera no palácio de Glinda. Na parede sobre a mesa via-se o quadro mágico de Ozma.

Em uma fileira de prateleiras do lado oposto do saguão estavam todas as substâncias e essências de magia e todos os instrumentos mágicos que tinham sido roubados de Glinda, Ozma e o Mágico, com portas de vidro cobrindo as prateleiras para que ninguém os alcançasse.

E, em um canto distante, estava sentado Ugu, o Sapateiro, com os pés estendidos preguiçosamente e as mãos magricelas juntas por trás da cabeça. Ele estava recostado tranquilamente e fumava um longo cachimbo com bastante calma. Havia um tipo de jaula em volta do feiticeiro, feita aparentemente de barras de ouro bem distantes uma da outra, e aos seus pés, também dentro da jaula, estava a bacia cravejada de diamantes muito procurada por Cayke, a Cozinheira de Cookies.

A princesa Ozma de Oz não podia ser vista em lugar algum.

– Ora, ora – disse Ugu, enquanto os invasores ficaram em silêncio por um tempo, olhando em volta –, essa visita é um prazer esperado, posso garantir. Sabia que estavam vindo e sei por que vieram. Não são bem-vindos, pois não é vantajoso para mim usar qualquer um de vocês, mas como insistiram em vir, espero que essa visita vespertina seja a mais breve possível. Não vai levar muito tempo para negociarem comigo. Vocês vão me pedir Ozma e minha resposta será que podem encontrá-la, se conseguirem.

– O senhor é uma pessoa muito maligna e cruel – respondeu o Mágico, em um tom de reprovação. – Suponho que esteja imaginando, já que roubou a bacia dessa pobre mulher e toda a melhor magia de Oz, que é mais poderoso que nós e que será o vencedor.

– Sim – disse Ugu, o Sapateiro, enchendo vagarosamente seu cachimbo com tabaco fresco de uma tigela prateada ao seu lado –, é exatamente isso que imagino. Não fará bem algum para vocês exigirem que eu devolva a garota que um dia foi governante de Oz, porque não vou dizer onde a escondi, e não conseguirão adivinhar nem em um milhão de anos. Também não devolverei as magias que capturei. Não sou tão tolo assim. Mas mantenham isso em mente: pretendo ser o governante de Oz, daqui por diante, então aconselho que sejam cuidadosos ao se dirigirem a seu futuro monarca.

– Ozma ainda é a governante de Oz, onde quer que a tenha escondido – afirmou o Mágico. – E você, Sapateiro miserável, mantenha isso em mente: temos a intenção de encontrá-la e resgatá-la, quando chegar a hora, mas nossa primeira obrigação e prazer será vencê-lo e puni-lo por seus delitos.

– Muito bem; podem ir em frente e vencer – disse Ugu. – Realmente quero ver como farão isso.

Nesse momento, apesar de o Mágico ter falado com tanta coragem, ele não fazia ideia de como venceriam o feiticeiro. Naquela manhã ele dera ao Homem Sapo, que lhe pediu, uma dose de zosozo de sua garrafa, e o Homem Sapo prometera lutar bastante se fosse necessário; mas o Mágico sabia que apenas a força não poderia enfrentar as artes mágicas. O rei urso de pelúcia parecia ter uma boa mágica, entretanto, e o Mágico dependia disso até certo ponto. Mas deveriam fazer algo imediatamente, e o Mágico não sabia o que seria isso.

Enquanto considerava essa questão intrigante e os outros olhavam para ele como se fosse o líder, uma coisa estranha aconteceu. O chão do saguão circular, onde eles estavam de pé, repentinamente começou a virar. Em vez de ser plano e nivelado, ele transformou-se em uma ladeira, que foi ficando cada vez mais íngreme, até que ninguém no grupo conseguia ficar de pé nele. Em pouco tempo todos escorregaram para a parede, que agora estava debaixo deles, e então ficou claro que o cômodo inteiro estava vagarosamente virando de ponta-cabeça! Apenas Ugu, o Sapateiro, mantido no lugar pelas barras da sua jaula de ouro, ficou na mesma posição, e o feiticeiro maléfico parecia estar gostando muito da surpresa de suas vítimas.

Primeiro, eles escorregaram até a parede atrás deles, mas como o cômodo continuou virando, eles deslizaram pela parede e se viram no fundo da grande abóbada, trombando com o enorme candelabro que, como todas as outras coisas, estava de cabeça para baixo.

O movimento giratório parou e o cômodo ficou imóvel. Olhando lá para cima eles podiam ver Ugu suspenso em sua jaula que antes estava no chão.

– Ah, a forma de vencer é agir – disse ele, sorrindo para eles lá de cima –, e aquele que age mais rápido certamente vencerá. Isso se tornou uma prisão muito boa, de onde tenho certeza de que não conseguirão escapar. Por favor, divirtam-se como puderem, mas devo pedir que me deem licença, pois tenho assuntos a tratar em outra parte do meu castelo.

Ao dizer isso, ele abriu um alçapão no piso de sua jaula (que agora estava acima da sua cabeça), subiu por ele e desapareceu de vista. A bacia de diamantes ainda estava na jaula, mas as barras impediam que ela caísse na cabeça deles.

– Misericórdia! – disse a Menina de Retalhos, agarrando uma das barras do candelabro e se balançando nela. – Devemos tirar o chapéu para o sapateiro, já que ele nos emboscou com muita esperteza.

– Saia de cima do meu pé, por favor – disse o Leão para o Cavalete.

– E por gentileza, senhor burro – observou o Woozy –, faça o favor de tirar seu rabo do meu olho esquerdo.

– Aqui embaixo está muito cheio – explicou Dorothy –, porque a abóbada é arredondada e todos escorregamos para o centro dela. Mas tentemos ficar o mais quietos possível até conseguirmos pensar no melhor a fazer.

– Minha nossa! – gemeu Cayke. – Queria tanto ter minha querida bacia – e ela esticou os braços na direção da bacia.

– Queria ter a magia daquelas estantes lá em cima – suspirou o Mágico.

– Não acha que conseguimos alcançar? – perguntou Trot, ansiosa.

– Teríamos que voar – riu a Menina de Retalhos.

Mas o Mágico levou a sugestão a sério, assim como o Homem Sapo.

Eles conversaram e logo planejaram uma tentativa de alcançar as prateleiras ondem estavam os instrumentos mágicos. Primeiro, o Homem Sapo se deitou contra a abóbada arredondada e apoiou seu pé na haste do candelabro; então, o Mágico subiu nele e ficou deitado na abóbada com seus pés nos ombros do Homem Sapo; depois veio a Cozinheira de Cookies; e em seguida Botão-Brilhante subiu nos ombros da mulher; depois Dorothy subiu, Betsy e Trot também, e finalmente a Menina de Retalhos, e as alturas de todos eles criaram uma fila que ia muito longe, mas não o suficiente para Aparas alcançar as prateleiras.

– Esperem um momento, talvez eu consiga alcançar as magias – disse o Urso Rei, e começou a escalar os corpos dos outros. Mas ao chegar na Cozinheira de Cookies, suas patas macias fizeram tantas cócegas que ela se mexeu e derrubou a fila toda. Todos caíram como um amontoado sobre os animais e, apesar de ninguém ter se machucado muito, foi uma grande confusão. E o Homem Sapo, que estava no fundo, quase perdeu a paciência antes de conseguir ficar em pé novamente.

Cayke se recusou a tentar novamente o que ela chamou de "truque da pirâmide", e como o Mágico estava convencido de que não conseguiriam alcançar as ferramentas mágicas desse jeito, eles abandonaram a tentativa.

– Mas temos que fazer *alguma coisa* – disse o Mágico, e se virou para o Urso Lavanda: – A magia de Vossa Majestade não consegue nos ajudar a escapar daqui?

– Meus poderes mágicos são limitados – foi a resposta. – Quando me rechearam, as fadas chegaram perto e, escondidas, jogaram um pouco de magia em mim. Assim, posso fazer qualquer uma das magias dentro de mim, mas nada além disso. Você, entretanto, é um mágico, e um mágico deveria poder fazer qualquer coisa.

– Vossa Majestade se esquece de que minhas ferramentas mágicas foram roubadas – disse o Mágico tristemente –, e um mágico sem suas ferramentas é tão inútil quanto um carpinteiro sem um martelo ou um serrote.

– Não desista – implorou Botão-Brilhante – pois se não sairmos dessa prisão esquisita, vamos todos morrer de fome.

– Eu não! – riu a Menina de Retalhos, agora de pé no topo do candelabro, no lugar que deveria ser a parte de baixo.

– Não fale de coisas tão horríveis – disse Trot, tremendo. – Viemos até aqui para capturar o Sapateiro, não foi?

– E aqui estamos nós, capturados, e minha querida bacia está ali, bem na minha frente! –choramingou a Cozinheira de Cookies, enxugando os olhos na cauda do fraque do Homem Sapo.

– Fiquem quietos! – disse o Leão, com um rosnado baixo e profundo. – Deem um tempo para o Mágico raciocinar.

– Tempo ele tem de sobra – disse Aparas. – Ele precisa é do cérebro do Espantalho.

No fim das contas, quem conseguiu tirá-los de lá foi Dorothy, e sua habilidade de salvá-los foi uma surpresa quase tão grande para a garota quanto para seus amigos. Dorothy estivera secretamente testando os poderes de seu cinto mágico, que capturara do Rei Nomo, e experimentando de várias formas, desde que começou essa jornada agitada. Em vários momentos ela se afastou dos outros para tentar, sozinha, descobrir o que o cinto mágico podia e não podia fazer. Havia várias coisas que ele não podia fazer, ela descobriu, mas aprendeu algumas coisas sobre o cinturão que mesmo suas amigas não suspeitavam que ela sabia.

Para começo de conversa, ela lembrou que o cinto mágico fazia transformações quando o Rei Nomo o usava, e pensando bastante ela finalmente se lembrou como essas transformações eram feitas. E, melhor ainda do que isso foi a descoberta de que o cinto mágico dava um desejo por dia para quem o usava. Tudo o que ela precisava fazer era fechar o olho direito, mexer o dedão do pé esquerdo, respirar bem fundo e fazer seu pedido. Ontem ela desejara uma caixa de doces secretamente e instantaneamente encontrou a caixa ao seu lado. Hoje ela tinha guardado seu desejo diário, caso precisasse dele para uma emergência, e agora tinha chegado a hora em que ela deveria usar o desejo para permitir que escapasse com seus amigos da prisão onde Ugu os prendera.

Assim, sem dizer a ninguém o que pretendia fazer, pois só usara o desejo uma vez e não sabia se o cinto mágico teria magia suficiente, Dorothy fechou seu olho direito, mexeu o dedão do pé esquerdo, respirou fundo e desejou com toda a força. No momento seguinte, o cômodo começou a se mexer novamente, tão vagarosamente quanto antes, e pouco a pouco todos escorregaram para a parede lateral e depois para o chão, todos menos Aparas, que ficara tão admirada que ainda estava se segurando no candelabro.

Quando o grande saguão ficou na posição certa de novo e os outros estavam firmemente de pé no chão, eles olharam lá para cima e viram a Menina de Retalhos se balançando no candelabro.

– Minha nossa! – gritou Dorothy. – Como você vai descer?

– O cômodo não vai continuar girando? – perguntou Aparas.

– Espero que não. Acho que ele parou de verdade – disse a princesa Dorothy.

– Então saiam de baixo para não se machucarem! – berrou a Menina de Retalhos, e assim que obedeceram a esse pedido ela largou do candelabro e veio caindo dando cambalhotas e girando de uma forma muito empolgante. Pof!, ela caiu no chão de azulejos, e todos correram até lá e a ajeitaram até o formato de sempre.

O DESAFIO DE UGU, O SAPATEIRO

O atraso causado por Aparas impediu que algum deles corresse para as prateleiras e pegasse os instrumentos mágicos de que tanto precisavam. Até mesmo Cayke não foi buscar sua bacia cravejada de diamantes porque ficou observando a Menina de Retalhos. E nesse momento o feiticeiro abriu seu alçapão e apareceu novamente em sua jaula de ouro, muito irritado porque seus prisioneiros tinham conseguido virar a prisão de cabeça para baixo para o lado certo.

– Qual de vocês se atreveu a desafiar minha magia? – gritou com uma voz terrível.

– Fui eu – respondeu calmamente Dorothy.

– Então, destruirei você, já que é apenas uma garota terráquea e não uma fada – disse ele e começou a resmungar algumas palavras mágicas.

Dorothy percebeu agora que Ugu deveria ser tratado como um inimigo, então avançou para o canto em que ele estava, dizendo enquanto andava:

– Não tenho medo de você, senhor Sapateiro, e acho que vai se arrepender logo, logo por ser um homem tão ruim. Você não pode me destruir e eu não o destruirei, mas vou castigá-lo por sua maldade.

Ugu riu com uma risada que não era agradável de se ouvir, e acenou com a mão. Dorothy estava no meio do caminho quando subitamente surgiu uma parede de vidro em sua frente e impediu seu progresso. Ela podia ver o feiticeiro zombando dela através do vidro por ela ser uma garotinha fraca e isso a provocou. Apesar de a parede de vidro obrigá-la a parar, ela instantaneamente colocou ambas as mãos em seu cinto mágico e gritou com uma voz alta:

– Ugu, o Sapateiro, pelas virtudes mágicas do cinto mágico, ordeno que se torne uma pomba!

O feiticeiro percebeu instantaneamente que estava sendo encantado, pois podia sentir sua forma mudando. Ele lutou desesperadamente contra o encantamento, murmurando palavras mágicas e fazendo gestos mágicos com as mãos. E de uma certa forma ele foi bem-sucedido ao impedir o objetivo de Dorothy, pois enquanto sua forma em pouco tempo mudou para a de uma pomba cinza, essa pomba era enorme, maior até do que Ugu era enquanto homem, e conseguiu fazer isso antes que seus poderes o abandonassem completamente.

Dorothy queria ter ordenado o cinturão a transformar o feiticeiro em uma pomba da paz, mas em sua empolgação, esqueceu de dizer mais que "pomba", e agora Ugu não era de forma alguma uma pomba da paz, mas sim uma pomba da guerra rancorosa. O seu tamanho deixava seu bico afiado e suas garras muito perigosas, mas Dorothy não estava com medo quando ele correu até ela com as garras esticadas e seu bico que mais parecia uma espada aberta.

Ela sabia que o cinto mágico protegeria do perigo quem o usava.

Mas o Homem Sapo não sabia desse fato e ficou assustado com o aparente risco à garotinha. Então, ele deu um salto repentino e caiu nas costas da pomba enorme.

Começou então uma luta desesperada. A pomba era tão forte quanto Ugu e consideravelmente maior do que o Homem Sapo. Mas o último tinha comido o zosozo que o deixara tão forte quanto Ugu, a pomba. Com o primeiro salto ele derrubou a pomba no chão, mas o pássaro gigante se libertou e começou a bicar e arranhar o Homem Sapo, derrubando-o com suas enormes asas sempre que ele tentava se levantar. A pele grossa e resistente do grande sapo não recebia danos facilmente, mas Dorothy temeu por seu campeão e usando novamente o poder de transformação do cinto mágico, ela fez a pomba diminuir até ficar do tamanho de um canário.

Ugu perdera seu conhecimento mágico quando perdeu sua forma humana, e agora percebia que estava indefeso contra o poder do cinto mágico. Sabia que sua única esperança de escapar estava em uma ação instantânea. Ele então voou rapidamente para a bacia de ouro cravejada de diamantes que roubara de Cayke, a Cozinheira de Cookies, e, como pássaros falam tão bem quanto animais ou homens na Terra das Fadas de Oz, murmurou a palavra mágica necessária e desejou que estivesse no País dos Quadlings, que era o mais distante do castelo de vime que ele achava que conseguiria chegar.

Naturalmente, nossos amigos não sabiam o que ele estava prestes a fazer. Eles viram a bacia tremer por um instante e depois desaparecer, a pomba desaparecendo junto com ela, e apesar de esperarem ansiosamente pelo retorno do feiticeiro por alguns minutos, Ugu não voltou.

– Parece-me que vencemos o feiticeiro maligno mais rapidamente do que esperávamos – disse o Mágico com uma voz alegre.

– Nada de "nós"... Quem o venceu foi Dorothy! – gritou a Menina de Retalhos, dando três mortais um atrás do outro e depois andando de bananeira por aí. – Viva a Dorothy!

– Achei que tinha dito que não sabia usar a magia do cinturão do Rei Nomo – disse o Mágico para Dorothy.

– Naquele momento eu não sabia – respondeu ela –, mas depois disso eu lembrei como o Rei Nomo tinha usado o cinto mágico para transformar pessoas em enfeites e todo o tipo de coisas; então, tentei alguns encantamentos em segredo e depois de um tempo transformei o Cavalete em um amassador de batatas e de volta nele mesmo, e o Leão Covarde em um gatinho e de volta nele mesmo, e aí sabia que ia funcionar direitinho.

– Quando você fez esses encantamentos? – perguntou o Mágico, muito surpreso.

– Em uma noite em que todos vocês estavam dormindo, menos Aparas, e ela tinha saído atrás dos raios de luar.

– Bem – observou o Mágico –, sua descoberta certamente nos poupou de muitos problemas, e devemos todos agradecer ao Homem Sapo também, por ter lutado tão bem. Aquele corpo de pomba tinha toda a maldade de Ugu dentro de si, o que deixava o pássaro monstruoso perigoso.

O Homem Sapo parecia triste porque as garras do pássaro tinham rasgado suas belas roupas, mas ele se curvou com muita dignidade para esse elogio merecido. Entretanto, Cayke tinha se agachado no chão e chorava amargamente.

– Minha bacia preciosa se foi! – chorava ela. – Sumiu! Só porque a tinha achado novamente!

– Não fique assim – disse Trot, tentando reconfortá-la. – Com certeza deve estar *em algum lugar*, então certamente a encontraremos algum dia.

– Sim, certamente – acrescentou Betsy –; agora que temos o quadro mágico de Ozma, podemos saber onde a pomba foi com a sua bacia.

Todos se aproximaram do quadro mágico e Dorothy desejou que ele mostrasse a forma encantada de Ugu, o Sapateiro, onde quer que estivesse. Imediatamente surgiu na moldura no quadro uma cena no distante País dos Quadlings, onde a pomba estava empoleirada desconsolada no galho de uma árvore e a bacia preciosa estava no chão, logo abaixo do galho.

– Mas onde fica esse lugar... Longe ou perto? – perguntou ansiosamente Cayke.

– O livro de registros nos dirá – respondeu o Mágico. Eles então olharam no grande livro e leram o seguinte:

> Ugu, o Feiticeiro, ao ser transformado em uma pomba pela princesa Dorothy de Oz, usou a magia da bacia de ouro para levá-lo instantaneamente para o canto nordeste do País dos Quadling.

– Está tudo bem – disse Dorothy. – Não se preocupe, Cayke, pois o Espantalho e o Homem de Lata estão naquela parte do país, procurando Ozma, e certamente encontrarão sua bacia.

– Minha nossa! – exclamou Botão-Brilhante. – Esquecemos de Ozma. Vamos achar onde o feiticeiro a escondeu.

Eles voltaram ao quadro mágico, mas quando desejaram ver Ozma, onde quer que estivesse escondida, surgiu apenas um ponto redondo e preto no meio da tela.

– Não entendo como *isso aí* pode ser Ozma! – disse Dorothy, bastante intrigada.

– Parece que é o melhor que o quadro mágico pode fazer – disse o Mágico, tão surpreso quanto ela. – Se for um encantamento, parece que o feiticeiro transformou Ozma em um bocado de piche.

O URSINHO ROSA FALA A VERDADE

Todos ficaram encarando o ponto preto na tela do quadro mágico por vários minutos, imaginando o que ele poderia significar.

– Talvez devêssemos perguntar ao Ursinho Rosa sobre Ozma – sugeriu Trot.

– Até parece! – disse Botão-Brilhante – *Ele* não sabe de nada.

– Ele nunca erra – declarou o rei.

– Ele certamente errou uma vez – disse Betsy. – Mas talvez não erre de novo.

– Ele não terá a oportunidade – resmungou o Urso Rei.

– Podíamos ouvir o que ele tem a dizer – disse Dorothy. – Não vai fazer mal algum perguntar ao Urso Rosa onde Ozma está.

– Não vou deixar perguntarem coisa alguma a ele – disse o rei com uma voz contrariada. – Não tenho a menor intenção de permitir que meu Ursinho Rosa seja insultado novamente por suas dúvidas tolas. Ele nunca erra.

– Ele não disse que Ozma estava naquele buraco no chão? – Perguntou Betsy.

– Disse; e tenho certeza de que ela estava lá – respondeu o Urso Lavanda.

Aparas deu uma risada debochada e os outros perceberam que não adiantava discutir com o Urso Rei teimoso, que parecia acreditar completamente em seu Urso Rosa. O Mágico, que sabia que geralmente se podia confiar em coisas mágicas, e que o Ursinho Rosa conseguia responder perguntas devido a algum poder mágico excepcional, achou mais sábio se desculpar com o Urso Lavanda pela descrença de seus amigos, ao mesmo tempo em que pedia ao rei que permitisse fazer mais uma pergunta ao Urso Rosa. Cayke e o Homem Sapo também imploraram para o grande Urso, que finalmente concordou, sem nenhuma delicadeza, a testar mais uma vez a sabedoria do Ursinho Rosa. Ele então sentou o Urso pequenino em seu colo e virou a chave, e o próprio Mágico fez as perguntas com um tom de voz muito respeitoso.

– Onde está Ozma? – foi sua primeira pergunta.

– Aqui, nesse saguão – respondeu o Ursinho Rosa.

Todos olharam pelo cômodo, mas naturalmente não a viram.

– Ela está em que parte do cômodo? – foi a próxima pergunta do Mágico.

– No bolso de Botão-Brilhante – disse o Ursinho Rosa.

Essa resposta surpreendeu a todos, pode ter certeza. E apesar de as três garotas terem sorrido e Aparas ter gritado "Viva!" com uma voz zombeteira, o Mágico parecia considerar a questão com muita seriedade.

– Ozma está em qual dos bolsos de Botão-Brilhante? – perguntou logo em seguida.

– No bolso esquerdo da jaqueta – disse o Ursinho Rosa.

– Esse rosado enlouqueceu! – exclamou Botão-Brilhante, encarando fixamente o ursinho no colo do grande urso.

– Não tenho tanta certeza disso – afirmou o Mágico. – Se Ozma realmente estiver em seu bolso, então o Ursinho Rosa falou a verdade quando disse que Ozma estava naquele buraco no chão. Pois naquele momento você também estava no buraco, e depois de tirarmos você de lá o Ursinho Rosa disse que Ozma não estava mais no buraco.

– Ele nunca erra – garantiu o Urso Rei firmemente.

– Esvazie o bolso, Botão-Brilhante, e veremos o que tem nele – pediu Dorothy.

Assim, Botão-Brilhante colocou tudo que havia no bolso esquerdo de sua jaqueta em cima da mesa: um pião, um cordão embolado, uma bolinha de borracha e um caroço dourado de pêssego.

– O que é isso? – perguntou o Mágico, pegando o caroço de pêssego e examinando-o atentamente.

– Oh – disse o garoto. – Eu o guardei para mostrá-lo às garotas e esqueci completamente. Ele veio de um pêssego solitário que encontrei naquele pomar lá atrás e que comi quando estava perdido. Parece ser de ouro e nunca vi um caroço de pêssego assim antes.

– Nem eu – disse o Mágico –, por isso parece suspeito.

Todas as cabeças estavam curvadas sobre o caroço de pêssego dourado. O Mágico virou-o diversas vezes, pegou seu canivete e abriu o caroço.

No momento em que as duas metades se separaram, um vapor parecido com uma nuvem cor-de-rosa saiu do caroço de pêssego dourado, quase preenchendo o grande saguão, e desse vapor surgiu uma forma que ficou ao lado deles. Então, enquanto o vapor desaparecia, uma doce voz disse "Obrigada, meus amigos!" e ali diante deles estava sua adorável garota governante, Ozma de Oz.

Com um grito de felicidade, Dorothy correu até ela e a abraçou. Aparas deu cambalhotas por todo o saguão, muito contente. Botão-Brilhante assobiou baixinho, impressionado. O Homem Sapo tirou o chapéu e se curvou diante da bela garota que foi liberada de seu encantamento de uma forma tão surpreendente.

Por um tempo, não se ouvia nada além do murmúrio baixo de contentamento que vinha do grupo impressionado, mas em pouco tempo o rosnado do grande Urso Lavanda ficou mais alto e ele disse, triunfante:

– Ele nunca erra!

OZMA DE OZ

— Engraçado – disse Totó, na frente do seu amigo Leão, balançando o rabo –, mas eu finalmente encontrei meu rosnado! Tenho certeza agora de que foi o feiticeiro maligno que o roubou.

— Vamos ouvi-lo então – pediu o Leão.

O cachorrinho rosnou.

— Muito bem – declarou o grande animal. – Não é tão alto ou profundo quanto o rosnado do grande Urso Lavanda, mas é um rosnado muito respeitável para um cachorro pequenino. Onde o encontrou, Totó?

— Eu estava farejando um canto ali – disse Totó –, quando um rato apareceu subitamente... E eu rosnei!

Todos os outros estavam muito ocupados parabenizando Ozma, que estava muito feliz de ser liberta da prisão do caroço dourado de pêssego, onde o feiticeiro a tinha prendido com a ideia de que nunca pudesse ser encontrada ou liberta.

— E pensar que Botão-Brilhante estava carregando-a em seu bolso todo esse tempo e nem percebemos! – exclamou Dorothy.

— O Ursinho Rosa alertou vocês – disse o Urso Rei –, mas não acreditaram nele.

– Não se preocupem, meus queridos – disse Ozma, delicadamente. – Tudo que termina bem está bem. E não tinham como imaginar que eu estivesse dentro do caroço de pêssego. Na verdade, eu temia que ficaria aprisionada por um tempo muito maior do que fiquei, pois Ugu é um feiticeiro ousado e esperto, e ele me escondeu de uma forma muito segura.

– Você estava em um pêssego excelente – disse Botão-Brilhante –, o melhor que já comi.

– Foi uma tolice do feiticeiro deixar o pêssego tão tentador – observou o Mágico –, mas Ozma deixaria qualquer transformação bela.

– Como conseguiram vencer Ugu, o Sapateiro? – perguntou a garota governante de Oz.

Dorothy começou a contar a história e Trot a ajudou, e Botão-Brilhante queria contar do seu jeito, e o Mágico tentou deixar tudo claro, e Betsy tinha que lembrá-los de coisas que esqueceram de contar, e no fim das contas foi um burburinho tão grande que é incrível que Ozma tenha entendido. Mas ela ouviu com paciência, sorrindo adoravelmente pela ansiedade deles, e em pouco tempo colheu todos os detalhes de suas aventuras.

Ozma agradeceu sinceramente o Homem Sapo por sua ajuda e aconselhou Cayke, a Cozinheira de Cookies, a secar seus olhos lacrimejantes, prometendo que a levaria até a Cidade das Esmeraldas e garantiria que sua bacia fosse devolvida. Depois, a bela governante tirou um colar de esmeraldas de seu próprio pescoço e colocou-o no pescoço do Ursinho Rosa.

– Suas sábias respostas às perguntas dos meus amigos ajudaram no meu resgate – disse ela. – Portanto, estou profundamente grata a você e ao seu nobre rei.

Os olhos de conta do Ursinho Rosa estavam indiferentes a essa homenagem até o grande Urso Lavanda virar a chave na lateral dele, e ele disse com uma voz estridente:

– Eu agradeço, Vossa Majestade.

– Quanto a mim – respondeu o Urso Rei –, percebo que merecia muito ser salva, senhorita Ozma, e estou muito satisfeito por termos podido servi-la. Com a minha varinha mágica eu tenho criado imagens exatas de sua Cidade das Esmeraldas e do seu palácio real e devo confessar que são muito mais belos do que qualquer lugar que eu tenha visto, inclusive a Central dos Ursos.

– Gostaria de recebê-los em meu palácio – respondeu Ozma, com doçura –, e serão muito bem-vindos se voltarem comigo e passarem um longo tempo lá, se seus súditos ursos puderem dispensá-lo de seu reino.

– Quanto a isso – respondeu o rei –, meu reino me preocupa muito pouco e eu muitas vezes o acho um bocado manso e desinteressante. Assim, não estou com pressa de voltar e ficarei muito feliz em aceitar seu gentil convite. Confio no Cabo Gingado para cuidar dos meus ursos em minha ausência.

– E trará o Ursinho Rosa? – perguntou ansiosamente Dorothy.

– Claro, minha querida; não me separaria dele por vontade própria.

Eles continuaram no castelo de vime por três dias, guardando cuidadosamente todas as coisas mágicas que foram roubadas por Ugu e levando também qualquer coisa mágica que ele tinha herdado de seus antepassados.

– Eu proibi qualquer súdito meu de praticar artes mágicas, exceto Glinda, a Boa e o Mágico de Oz – disse Ozma –, pois não confio que façam só o bem e não o mal. Portanto, Ugu nunca mais terá a permissão de fazer qualquer tipo de magia.

– Bem – observou Dorothy, alegremente –, uma pomba não pode fazer muita magia de qualquer forma, e deixarei Ugu como uma pomba até que ele se endireite e se torne um sapateiro bom e honesto.

Quando tinham guardado e carregado os animais com tudo, eles saíram rumo ao rio, indo por um caminho mais direto do que aquele por onde Cayke e o Homem Sapo tinham vindo. Dessa forma, evitaram as cidades de Cardia e Herku e a Central dos Ursos, e, depois de uma jornada agradável, chegaram ao Rio Winkie e encontraram um barqueiro alegre que tinha um grande e excelente barco e estava disposto a levar o grupo todo pelo rio até um lugar bem próximo da Cidade das Esmeraldas.

O rio tinha muitas curvas e braços, e a jornada não terminou em um dia, mas finalmente o barco flutuou para um belo lago que ficava bem perto do lar de Ozma. Lá o barqueiro alegre foi recompensado por seu serviço e todo o grupo saiu em uma procissão grandiosa para marcharem em direção à Cidade das Esmeraldas.

A notícia de que Ozma Real tinha sido encontrada se espalhou muito rapidamente pela vizinhança e os dois lados da estrada logo ficaram repletos dos súditos leais da bela e amada governante. Assim, os ouvidos de Ozma só ouviram celebrações e seus olhos viram muito pouco além dos lenços e bandeiras que eram acenados durante toda a marcha triunfante do lago até os portões da cidade.

E lá ela encontrou uma celebração maior ainda, pois todos os habitantes da Cidade das Esmeraldas apareceram para comemorar seu retorno, várias bandas tocaram músicas alegres, todas as casas foram decoradas com bandeiras e bandeirinhas e jamais as pessoas estiveram tão alegres e felizes como neste momento em que receberam em casa sua menina governante. Pois ela estivera desaparecida e agora foi encontrada novamente, e isso certamente era motivo de regozijo.

Glinda estava no palácio real para receber o grupo que retornava e a Bruxa Boa estava realmente feliz por ter seu grande livro de registros de volta, bem como toda a preciosa coleção de instrumentos mágicos e elixires e produtos químicos que haviam sido roubados de seu castelo. O Capitão Bill e o Mágico imediatamente penduraram o quadro mágico na parede do *boudoir* de Ozma e, o Mágico estava tão alegre que fez vários truques com as ferramentas em sua maleta preta para divertir os companheiros e provar que era um mágico poderoso novamente.

Durante uma semana inteira houve festa e felicidade e todos os tipos de festividades alegres no palácio em homenagem ao retorno seguro de Ozma. O Urso Lavanda e o Ursinho Rosa receberam muita atenção e foram homenageados por todos, deixando o Urso Rei muito satisfeito. O Homem Sapo rapidamente se tornou um favorito na Cidade das Esmeraldas e o Homem-Farrapo, Tic-Tac e Jack Cabeça de Abóbora, que já haviam retornado de sua busca, foram muito educados com o grande sapo e o fizeram se sentir em casa. Até a Cozinheira de Cookies, por ser uma estranha e convidada de Ozma, foi tratada com tanta deferência como se fosse uma rainha.

– Mesmo assim, Vossa Majestade – dizia Cayke para Ozma, dia após dia, com uma repetição cansativa –, espero que encontre logo minha bacia preciosa, pois nunca conseguirei ser completamente feliz sem ela.

DOROTHY PERDOA

A pomba cinza que um dia tinha sido Ugu, o Sapateiro, estava em sua árvore no distante País dos Quadlings, cabisbaixa, piando melancolicamente e encafifada com suas desgraças. Depois de um tempo, o Espantalho e o Homem de Lata vieram e se sentaram sob a árvore, sem prestar atenção aos resmungos da pomba cinza.

O Homem de Lata pegou uma pequena lata de óleo dentro do seu bolso de lata e lubrificou cuidadosamente todas suas juntas de lata. Enquanto ele estava ocupado, o Espantalho observou:

– Sinto-me muito melhor, meu bom companheiro, desde que encontramos aquele monte de palha e você me encheu de novo com ele.

– E eu me sinto muito melhor agora que minhas juntas estão lubrificadas – respondeu o Homem de Lata, com um suspiro de prazer. – É muito mais fácil cuidar de nós, meu amigo Espantalho, do que daquelas desajeitadas pessoas de carne, que passam metade do tempo vestidas com roupas finas e que precisam viver em moradias esplêndidas para ficarem satisfeitas e felizes. Você e eu não comemos, assim não passamos pela chateação de precisar de três refeições por dia. Tampouco perdemos metade de nossas vidas dormindo, uma condição que faz com que as pessoas de carne percam completamente sua consciência e fiquem tão indefesas e sem pensamentos quanto toras de madeira.

– Isso tudo é verdade – respondeu o Espantalho, colocando alguns punhados de palha solta dentro do seu tórax com seus dedos recheados. – Eu muitas vezes sinto pena das pessoas de carne, muitas das quais são minhas amigas. Até mesmo os animais são mais felizes do que elas, pois precisam de menos para ficarem satisfeitos. E os pássaros são as criaturas mais sortudas de todas, porque podem voar rapidamente para qualquer lugar e se abrigam onde quer que se empoleirem; a comida deles consiste em sementes e grãos que eles pegam nos campos e sua bebida é um gole de água de algum riacho. Se eu não pudesse ser um Espantalho, ou um Homem de Lata, minha escolha seguinte seria viver como os pássaros.

A pomba cinza escutou essa conversa atentamente e pareceu ficar reconfortada, pois parou com a reclamação. E nesse instante o Homem de Lata encontrou a bacia de Cayke, que estava no chão, bem perto dele.

– Aqui está um utensílio muito bonito – disse, pegando-a com sua mão de lata para examiná-la. – Mas não faria questão de ter uma. Quem quer que a tenha feito de ouro e a coberto de diamantes, não a deixou mais útil, nem a considero tão bela quanto as bacias brilhantes de lata comumente vistas. Nenhuma cor amarela é tão bela quanto o brilho prateado da lata – e ele se virou para olhar suas pernas e corpo de lata com aprovação.

– Não posso concordar com você quanto a isso – respondeu o Espantalho. – Meu recheio de palha tem uma cor amarelo-clara, e não só é bela de se olhar como também faz os estalos mais deleitáveis quando me mexo.

– Podemos admitir que todas as cores são boas em seus devidos lugares – disse o Homem de Lata, que era gentil demais para brigar. – Mas deve concordar comigo quando digo que uma bacia amarela não é natural. O que faremos com essa aqui que acabamos de encontrar?

– Vamos levá-la de volta para a Cidade das Esmeraldas – sugeriu o Espantalho. – Algum de nossos amigos pode querê-la para fazer um escalda-pés, e usando-a dessa forma, sua cor dourada e enfeites brilhantes não atrapalham sua utilidade.

Assim, foram embora e levaram a bacia preciosa com eles. E, depois de vagarem pelo território por um dia ou mais, ouviram a notícia de que Ozma fora encontrada. Assim, voltaram direto para a Cidade das Esmeraldas e deram a bacia para a princesa Ozma como um símbolo de sua alegria por ela ter retornado.

Ozma imediatamente deu a bacia de ouro cravejada de diamantes para Cayke, que ficou tão feliz de recuperar seu tesouro perdido que dançou para cima e para baixo com alegria e depois jogou seus braços em volta do pescoço de Ozma e beijou-a com gratidão. A missão de Cayke tinha agora sido completada com sucesso, mas ela estava se divertindo tanto na Cidade das Esmeraldas que não parecia estar com pressa de voltar para o País dos Yips.

Várias semanas depois de a bacia ter sido devolvida a Cayke, a Cozinheira de Cookies, enquanto Dorothy estava sentada nos jardins reais com Trot e Betsy ao seu lado, uma pomba veio voando e pousou aos pés da garota.

– Sou Ugu, o Sapateiro – disse a pomba com uma voz baixa e pesarosa –, e vim pedir que me perdoe pelo grande erro que cometi ao roubar Ozma e toda magia que era dela e dos outros.

– Então está arrependido? – perguntou Dorothy, encarando o pássaro.

– Estou *muito* arrependido – afirmou Ugu. – Tenho pensado em meus delitos por muito tempo, pois pombas têm muito pouco a fazer além de pensar, e fiquei surpreso por ter sido um homem tão maligno que se importava tão pouco com os direitos dos outros. Estou convencido agora de que mesmo que tivesse conseguido me tornar o governante de toda a Oz, eu não estaria feliz, pois muitos dias de silêncio me mostraram que apenas as coisas adquiridas honestamente podem trazer felicidade.

– Acho que é assim mesmo – disse Trot.

– De qualquer forma – disse Betsy –, o homem mau parece estar realmente arrependido, e se ele tiver se tornado um homem bom e honesto, devemos perdoá-lo.

– Sinto não poder me tornar um *homem* bom novamente – disse Ugu –, pois a transformação sobre mim vai me deixar sempre na forma de uma pomba. Mas, com o perdão gentil de meus antigos inimigos, espero me tornar uma pomba excelente e muito respeitada.

– Espere aqui enquanto pego meu cinto mágico – disse Dorothy –, e o transformarei de novo na sua forma normal num instante.

– Não... Não faça isso! – implorou a pomba, batendo suas asas ansiosamente. – Só quero seu perdão; não quero voltar a ser um homem. Como Ugu, o Sapateiro, eu era magricelo e velho e odiável; como uma pomba eu sou até adorável de ser olhado. Como homem, eu era ambicioso e cruel, enquanto como pomba eu consigo me contentar e ser feliz com minha vida simples. Aprendi a amar a vida livre e independente de um pássaro e prefiro não voltar a ser o que era.

– Da forma que preferir, Ugu – disse Dorothy, sentando-se novamente. – Talvez você esteja certo, pois é uma pomba melhor que o homem que foi, e caso se desvie novamente, e se sinta maligno mais uma vez, não poderia causar muito mal sendo uma pomba cinza.

– Então você me perdoa por todo o mal que eu causei? – perguntou ele, ansiosamente.

– É claro; qualquer um que se arrependa *tem que* ser perdoado.

– Obrigado – disse a pomba cinza, e foi embora voando novamente.